メディアワークス文庫

# 世界一ブルーなグッドエンドを君に

喜友名トト

# 目　次

# 特別な何かが、始まった気がした

画面から出てこない彼女。比喩的な意味ではなく、言葉通りのそんな彼女。

結城《ゆうき》湊《みなと》にとってのソイツは、突然やってきた。

一切の前触れもなく、もちろん予告もなく。妙に元気がよく朗らかな、まるでジングルのような声で。

「湊くん！　朝だよ！　あーさーだーよー！　起きて！」

揺蕩《たゆた》うような眠りの世界から、自室のシングルベッドの上に意識を引き戻された湊が、事態を理解するのには数秒を要した。そして、理解したその事態の異常性は、湊を混乱させる。

「えっ……？　は……？」

おかしい。自分が、誰かに起こされるはずはないのだ。勢いよくベッドから起き上がった湊はもう二年は一人暮らしをしている部屋をくるりと見回す。狭いトレーラーハウスだ、その作業には数秒もかからない。

誰もいない。外からの声だろうか？　トレーラーハウス、つまりは車でもある部屋の窓から外を眺めてみる。窓の外にはいつものように朝焼けに照らされた海が見えるだけで、そこに人影はなかった。

「ここだよ！　ここ！」

謎の声、湊と同世代くらいに聴こえる若い女の子の声は、そう続けた。

音の発生源に目をやる湊。そこでようやく、ふうと息を吐く。声は、湊のものであるスマートフォンから発せられていた。どうやら、知らない誰かがそのあたりにいる、というわけではないらしい。

「なんだよ。一体」

少し考えてみる。可能性として一番ありそうなのが、着信があり、その通話の主が声をかけてきている、ということだ。しかし湊はスマホを操作していないし、留守電も設定していない。大体、こんな声の持ち主と番号やIDを交換した記憶もない。

自分は寝ぼけているのだろうか。湊は寝癖のついた頭を掻《か》きつつ、スマホを手に取った。

「あ！　おはよ！　湊くん！　もう起きる時間でしょ？　大丈夫ー？」

画面には、見知らぬ女の子が映っていた。アニメなどではなく、実写だ。彼女は腰から上が表示されていて、こちらに向けて、やっほー、と手を振っている。まるで、ティックトックのような動画アプリにみえる。

「……？」

なんだ、これ？　湊は一度目をこすり、改めてスマホに目をやった。

彼女は白を基調とした、ところどころがフワッとしたガーリーな服を着ていて、髪は緩いウェーブのかかった栗色《くりいろ》のミディアム。涙袋がくっきりとした目元や黒目がちな瞳、えくぼによって愛嬌《あいきょう》が割増しされたかに見える顔だちは、あどけなさを残しつつも可憐《かれん》と言えるものだ。例えば通っている大学や街中で見かけたら、可愛《かわい》いな、と湊も思うであろう。

ただ問題なのは、湊は彼女にまったく見覚えがないということだ。じっくり見つめてみても、記憶のどこにも、かすりもしない。

「……そ、そんなに見つめられたら、照れちゃうぜ……！」

ぽっ、という音が聞こえそうな表情をみせる彼女。

「……どちらさんですか？」

湊はようやくそう口にした。状況からするに、この彼女が映像通話をしてきている、と判断したのだ。ただ、まったく身に覚えがない。人違いかもと思ったが、さきほどから彼女は湊の名を呼んでいる。

「え？　私はー、えっと、あれ？　名前、名前？　なんだっけ？」

女の子は、小さな拳を顎に当て、考え込むそぶりを見せた。唸《うな》る様子は彼女のルックスにミスマッチで可愛いのだが、今はそういう問題ではない。

　この人はなにを言ってんだろう。危ないヤツかもしれない。ふと、湊はある可能性に思い当たった。

　彼女は、もしかしたら以前の俺のファンなのではなかろうか。

　ある事情からもう一年以上は大会には出ていない湊だが、以前は一応女の子のファンもいたように思う。その中の一人が連絡先を調べて通話してきたのかもしれない。

　今の自分は、ファンがいるような人間ではなくなったというのに。

「あー……、とりあえず一回切りますね」

　湊はスマホを操作し、通話を切ろうとしたが、なかなかうまくいかない。というか、どうすれば通話を終わらせられるのかわからないのだ。これは湊が普段使用しているアプリではないように思えた。どこにも、タップすべきポイントが見当たらないし、スマホのホームボタンを押して画面がホームに戻っても、女の子はアイコンの並ぶホーム画面に重なるようにして表示されたままだ。

「？　湊くん？　どしたの？」

「いや、これ、何のアプリでかけてきてんの？　俺SNSとかやってないはずなんだけど」

　きょとん、としている彼女に尋ねつつ、スマホ画面のあちこちを適当にタップする湊。

だが、彼女の胸やら腹やらが表示されている部分に指をやるのは気が引けた。それくらい、彼女には不思議なリアリティがある。画面のなかの彼女の動きが、少しもカクついていない自然なものであることもそう感じさせる理由だろうか。

「あ！　そういうことか。これね、通話とかじゃないんだよ。私もよくわからないんだけど、ただスマホの中にいるだけっていうか……。なんだろね、これ。あはは」

「は？」

あはは、じゃねぇよ。と湊は内心でツッコんだ。だが、あることに気が付く。

アプリを終了できなくても、スマホを圏外にしてしまえば終わりだ。湊はスマホを操作して、機内モードに変更した。ついでに、データ通信やＷｉＦｉもオフにしておく。

……だが。

「……マジで？」

女の子は、消えなかった。さきほどまでと同じように、湊の顔を見つめてくる。

彼女が持つ柔らかで明るい雰囲気のためかそうは感じないが、冷静に考えてみるとかなりホラーな状況だ。

スマホの中にいる。彼女はそう言っていた。誰かが通信してきているわけではなくこの手にしているスマホ自体に、女の子が入っている。そういう意味だろうか？　仮にそうだとして、何故《なぜ》？　何故、この女の子は俺のことを知っている？

「な、なんだよこれ……!?　え、俺、寝ぼけてるのか……？」

寝起きなこともあり、理解が追い付かない。なのに、女の子は続けて話しかけてきた。

「あっ！　湊くん、それより大丈夫？　起きる時間だったんじゃないの？」

「え、あぁっ！」

湊はトレーラーハウスの一角、運転席があるほうの壁にかけてある時計をみて声を上げた。時刻は午前六時。もう間もなくバイトが始まる時間だ。五時四十五分にスマホのアラームをかけていたはずなのだが、聞いた覚えがない。

「なんでアラーム鳴ってないんだよ……」

「あ！　なんかこう、アラームって無機質でアレだから。私が代わりに起こそうかな、と思って！　アラームは消しといたぜ！」

グッ！と親指を立ててドヤ顔のスマイルをしてくるスマホの中の少女。存在自体が謎の彼女に湊は混乱したままだったが、それでもそんな事情を無視して時計の秒針はちくちくと進んでいく。

「……やばい……！」

彼女のことはさっぱりわからないが、このままではバイトに遅刻する。サーフショップというのは早朝から開店していることが大切なので、遅れるとまずい。

湊はそう判断し、出掛ける準備を急いで始めることにした。持っていたスマホをサイドテーブルに置き、寝巻として着ていたヨレたTシャツを脱ぎ……

「わぉ！」

不意に上がる黄色い嬌声《きょうせい》。誰が発したのかは丸わかりだったので、そっちに目をやってみると、スマホの中の彼女は「ひゃー」などと言いつつ、わざとらしく両手を自身の目に当てていた。なお、指の隙間があいていて、少し頬が赤い。

「……あのさぁ」

「ごめんごめん。細マッチョだなー、って。きゃー！」

片手で目隠しを続けたまま、もう片方の手をぶんぶんと振る彼女。湊は溜息《ためいき》をつき、スマホを裏返しにふせた。

「ああっ！　ひどい！　何も見えない！」

「ひどくない」

湊はぶーぶーと抗議してくる彼女を無視し、準備を済ませていく。Tシャツを新しいものに変え、上からブルゾンを羽織る。アンクルパンツに脚を通し、エスパドリーユを履く。トレーラーハウスのなかでは基本土足なのだ。

「……仕方ないか」

少し迷ったが、スマホは結局はいつも通りブルゾンの胸ポケットに入れた。現代人としてはスマホがないとなにかと不便だし、そもそもこの謎の存在を留守にする自室に置いていくほうがイヤだ。

「お、視点が高い！」

外側に向けたスマホの画面は、ポケットから少しはみ出しているため、彼女はそんな反応をした。見れば、彼女は画面上部に移動し、顔だけをひょっこりのぞかせている。

まるで、胸ポケットに小人をいれているかのようだ。まったく意味がわからないのだが、とにかくそうなのだ。

「……じゃあ、行くけど、変なことするなよ」

「あいさー！」

やたらと元気のいい胸の小人とそんなやりとりをした湊は、壁に立てかけていたサーフスケートボードを手に取り、トレーラーハウスのドアを開けた。外に出て、そっとボードを転がす。

「あ、湊くん、見て見て！　朝日！」

ボードに乗ろうとする直前、スマホのなかの女の子がそんなことを言った。それにつられた湊が東に目を向けると、たしかにそこには夜闇を晴らしていく輝きが見える。昨日までは曇り空が続いていたが、今朝の空に、雲は少ない。

「……あー、今日は、晴れ、みたいだな」

少しの雲に光の道筋が描き出され、その光の根元である水平線は美しく輝いている。

「すごーい。キレイ」

スマホの中の少女が、感嘆の声を上げた。

昇りゆく朝日、それに目を輝かせるポケットの中の小人。湊は今ようやく、自分の身に起きている出来事に現実感を覚えた。さきほどまでは寝起きだったこともあり、実感としてはあいまいだった。突如突きつけられた事態は明らかにおかしいのに、普通に対応してしまっていた。でも、違う。それが分かった。湊はあまり感情を表に出す方ではないが、それであってもパニックになり、慌てふためいていてもまったくおかしくない状況だ。なんなら今からでもそうしたいが、なんとなくそうするタイミングを逸してしまっている気がする。

「海辺の街はいいねぇ、湊くん」

「は……はは……。そうだな……」

嬉《うれ》しそうな女の子にたいして、変な笑い声をあげてしまう。

今自分の身に起きているのはとても奇妙で、とんでもないこと。なのに、何故だろう、嫌な予感がしない。ごく普通に彼女と会話してしまう。それも不思議だった。

彼女があまりにも朗らかに話すから、朝日を綺麗《きれい》だという言葉があまりにも自然に聞こえたから。もしかしたら、そんな些細《ささい》なことが理由なのかもしれない。

「あ！　湊くん、遅刻遅刻！」

「お、おう」

女の子に促され、湊は改めてボードの鼻先に左足を乗せた。そして、力強く右足を地面を蹴り、進みだす。またしても、彼女に流されてしまったような気がする。だが、それはそれとして。

何かが、特別な何かが、始まった気がした。

※※

スケートボードの上で軽くしゃがみ込み、重心の移動を利用して加速。同時にコーナーを曲がる。ガードレールを挟んで海が見える坂道には車の姿はなく、湊以外の人影もなかった。

夏場には観光客で賑《にぎ》わうビーチサイドの街。湊の暮らすここ、湘南《しょうなん》が地元民にだけみせる静かな朝。

春先とはいえ、朝もやを切り裂くかのように進む道は、それなりに冷える。

否応《いやおう》なく視界に入る海面では、白い波が崩れていく。全身を包む加速感と冷気、そして波の姿と音。そのすべてが湊にとっては懐かしくもあり、だが忘れたいものだ。

スケートボードは、もともと陸上で出来るトレーニングとして始めたものだった。だから、もうトレーニングの必要がなくなった今でも、ボードに乗ると思い出してしまう。少年だったあの日にたまたま見かけた光景、名も知らぬ誰かが波の上を跳ぶ姿の輝き。何度も何度も挑んだ波。不器用な自分が、文字通り死ぬほど努力して少しずつ出来るようになっていったこと。

十年以上の年月の大半を過ごし、そしてもう戻らないと決めた場所。気が付けばめっきり色白になってしまった肌。疼《うず》く右膝。らしくもなく、感傷的だ。アホらしい。自分に呆《あき》れてしまう。だというのに。

「わーっ！　すごいすごい！　速い！　いぇーい！」

湊がスケートボードに乗る、つまりはバイトに遅刻しそうになった要因であるスマホ内の少女は、湊の胸ポケットのなかで明らかにはしゃいでいた。

「静かにしてくんない？」

「？　なにか言ったー!?」

「うるせぇっての！」

「むぅ」

「むー言うな」

早朝とはいえ、この道沿いには民家はない。だから、近所迷惑になるわけではないし、そもそもそうでなければスケートボードには乗っていない。しかし、湊自身が異様にやかましいスマホには辟易《へきえき》していた。それに、もうすぐバイト先だ。

「美少女アバターをスマホに表示させっぱなしで会話してるつもりの変態だと思われるだろうが」

「びしょうじょ？　えっ、やだ湊くんったら。そんな……。どうしよう嬉しい」

視線を下に向けると、スマホの画面では謎の少女が頬に手を当ててニヤついていた。

「……言葉の綾《あや》だ。とにかく、しばらく黙ってろよな」

「はーい」

俺はいったい何をやっているんだろう。誰と、いや何と会話してるんだろう。そんな疑問には答えが出ないまま、湊はビーチサイドにある目的地に到着した。

ブレーキをかけ、ボードから降りる。ボードの尾《テール》を強く踏み、立ち上がった鼻《ノーズ》を摑《つか》む。目的地、サーフショップ『ＦＩＶＥ　ＨＥＡＤ』の壁にボードを立てかけ、湊は扉を開けた。

「ヘイ、ミナト！　ナイスタイミングだ！」

湊を出迎えたのは、この店の店長である。湊は、胸ポケットを手で覆った。

ちなみに、何がナイスタイミングなのかは、聞くまでもなくわかる。店長はすでにウェットスーツを着ており、かつ傍らにサーフボードを抱えていた。Dスペシャルという名前のそのボードにはワックスもばっちり塗られていて、彼は今まさに海に向かうところだったと思われる。

毎度のことなのだが、この男はあまり真面目に働くつもりはないようだった。

「店長……。また俺一人で店番すか？」

「ノーノー。ミナト、オレのことはビッグDと呼べっていつも言ってるだろ？　OK？」

「いつも言ってますけど、後藤達彦《ごとうたつひこ》のどこをどう略してビッグDなんすか」

「ドントシンク。フィール」

店長、自称にして通称ビッグDは、かなりチャランポランなオッサンである。しゃらくさい長髪にヒゲ。見た目だけは少しカッコイイ、イケオジなどと言われることもある中年だが、まともな大人としてカウントできるかは大いに疑問だ。

怪しい英語交じりの喋《しゃべ》り方、何をおいてもサーフィンを優先させるライフスタイル。サーファーとしての腕前がトッププロレベルであることを差し引いても、かなり胡散臭《うさんくさ》い印象を受ける。

たしかに、感じることは重要かもしれないが、人間は少しは考えた方がいいのでは、と湊は思った。

「今日の波はワンダフルな匂いがする。逃すわけにはいかないのさ」

「へえへえ」

子どものようにウキウキしているこのオッサンに何を言っても無駄だと湊は知っている。

めんどくせぇ、とは思いつつ逆らわない理由がそれだ。

湊とすれ違ってドアを開けたビッグDは、最後に一度振り返ってみせた。

「ミナト、お前も行くか？　軽くなら平気なんだろ？　サポートはオレに任せてくれてノープロブレムだぜ？」

「何いってんすか。行くわけないでしょ。……店もあるし」

「……そうか。まあ、気が向いたらエブリタイム声をかけてくれて構わないぜ？」

ビッグDはハイテンションなままそう告げると、陽気な鼻歌と共にすぐそこの海へと駆けていく。

短いやり取りだったが、湊にはビッグDが自分を気遣っていたことがわかった。彼は、湊の事情を知っているから。

適当な中年だが、彼にはそういうところがある。それも多くの人間に、とりわけ海で出会った多くの若者に対して。マリンスポーツの道具を貧乏学生のためにディスカウントしたり、素人サーファーの世話を焼いたり、ビーチでの恋に悩む少年に変なアドバイスをしたり。

湊も暮らす湘南という街にはサーファーやダイバーなど海を愛する若者が多くいるが、彼らは皆、海辺で店を営む彼のことを本人の希望通りビッグDと呼ぶ。それは多分、敬意と親しみが混じった呼称なのだろう。

それは湊にもわかっている。だが、ビッグDのさりげない言い方や押しつけがましくない善意には応えることが出来ないから気づかないふりをする。それだけだ。

「はぁ」

湊は溜息をつきつつ、バイトの準備を始めた。壁全体に及ぶほど大きな窓をすべて開放し、店の表のラックに陳列するためのサーフボードを運び出していく。

どこまでが店内でどこからがビーチサイドなのかが曖昧なこの店、ＦＩＶＥ　ＨＥＡＤでは海をすぐ近くに感じられる。それはビッグDや常連客にとっては好ましい特徴なのだろう。だが、今の湊にとってはそうではなかった。

寄せては返す波の音、塩気のある風。そうしたものが、湊の胸中の渇きつつある部分をわずかに湿らせる。

それがわかっているのに、こうしてバイトを続けている自分。何故、辞めてしまわないのだろう。これまでもたびたびあったように、湊は考え込みそうになった。しかし、それはこの場にいた、否、連れてきてしまった人物によって邪魔されてしまった。

「いいお店だねぇ。なんかこう、ハワイとか、キャリフォーニアーにありそうなオシャレ感！　湊くんはここで働いてるんだね！」

声が聞こえてきたのは、湊の胸ポケットからだ。

「そうだった……」

この謎な存在がいたのだった。やはり、寝ぼけていただけということではなかったらしい。湊はポケットからスマホを取り出し、小物を並べているラックに置く。その画面には、やはりあの女の子がいた。

「ねーねー。湊くんはここでどのくらい働いてるの？」

「……もうすぐ二年だよ」

「そなんだ。なんか、似合うねー。あ、ごめんごめん。働かなきゃだよね。私のことは気にしないで！」

ぐっ、と拳を握ってそんなことを言う彼女。たしかに、彼女の言う通り、バイト中はバイトをしなければならないものだ。しかし。

「気になるわ」

「？　そう？　あ、この服？」

気になっているのはそんなことではなかったが。言われて見れば、何故か得意そうにしている彼女はさきほどとは服装が変わっていた。さらにそれを示すように、画面のなかでくるっと一回転。

　空色のエプロンがふわりと翻った。あわせて、髪形もポニーテールに変わっている。気の利いた花屋の店員のようなスタイルではあるのだが、それは着替えたと言っていいものなのだろうか。なにしろ彼女はスマホに表示されている動画なのだから。

「それ、どうしたわけ？」

「それがね！　ひょっとして出来るかなー、っと思って、やってみたらファッション系のサイトから服装だけインストールできたの！　すごいでしょ？　これで可愛い服着放題だぜ！」

　彼女は、画面の片隅にどこかのブランドのウェブサイトを表示して見せた。そこには、今彼女が着ているのと同じ服が映っている。どうやら、彼女はインターネットに接続することが可能なようだが、それにしてもそのウェブサイトにアバターに試着させるような機能などないはずだ。ますます謎が深まっていく。

「湊くんがバイトってことだから、こう、私も手伝おうかなって思って！　仕事っぽい服装に」

「そこからどうやって手伝うんだよ？」

　つい、湊はツッコんでしまった。彼女がスマホの画面から出てきて、ボードにワックスをかけてくれたり、ウェットスーツを並べてくれたりするとは思えない。

「う。それはー……。お、応援とか」

「ああそう。それはどうも」

きわめて低いテンションでそう返す湊。笑ってしまうが、この奇妙な状態に少しだけ慣れてしまったようだ。

「がんばれー」

「……」

「ふれー！　ふれー！　ミ・ナ」

「やっぱやめてくれ」

「えー？」

彼女が画面のなかでチアリーダー姿に着替えてポンポンを取り出したのと、湊がそれを制止したのはほぼ同時だった。彼女はぶーたれた顔で不満そうだが、鬱陶しいので仕方がない。

と、そこで湊はあることを思いつく。

「思ったんだけど、ネットに接続できるんなら、俺のスマホから出られるんじゃね？」

湊の質問に、彼女はぽんと手を打った。

「やってみる！」

との言葉と同時に、彼女の姿はぷつんとスマホ画面から消えた。

おお、やった、解決だ。湊はそう思いかけたが。

「出来た！」

予想外の方向からの声。レジカウンターの方向だ。レジカウンターにはパソコンが置かれているのだが、その画面にはやはり彼女が表示されていた。

「まじかよ……」

「あはは、面白いね」

彼女はころころと笑っていて楽しそうだが、湊が言いたかったのはそういうことではない。

「どうせなら、もっと広いとこいけば？　知らんけど、どっかのスーパーコンピューターとかにもネットは繋《つな》がってるだろ」

そして戻ってこなくてもいい。

「んー。なんかそれは無理げ。湊くんのスマホからあんまり遠くには離れられないみたいだよ」

顎に人差し指をあて、思案顔をみせる彼女。どういう理屈なのか湊にもさっぱりわからない。

「……へー」

だから、そうとだけ答える。そして、今はそれ以上深く考えることを努めてやめた。

自分はいろいろなことに疎いし、不器用な男であると湊は知っている。去年までガラケーを使っていたくらいなのでITにも詳しくない。だから今やることは謎現象の解明ではなくバイトだ。彼女のことは落ち着いた状態で、つまりはあとで考えたい。半ば現実逃避かもしれないが、とにかくそうすると決めた。

湊はモップを取り出し、床掃除を始めた。無言のままで、きゅっきゅっと、という床を磨く音だけを響かせる。

「いつもそうやって掃除してるの？」

パソコン画面のなかの彼女は、膝を立てて座り込み、首を傾けて顔を覗《のぞ》かせて湊を見つめていた。

無視してしまおうか、一瞬そう思った湊だったが、やはりやめておく。

無視を決め込めば彼女は悲しそうな顔をする気がした。あまりそれを見たいとは思わない。状況はさっぱりわからないが、彼女からは悪意が感じられない。

ここまでやりとりをする限りの彼女は、明るくて元気な、普通の女の子だ。――スマホのなかにいることを除けば。湊は、そうした相手にたいして、冷たい態度をとることに抵抗があった。別に害があるわけでもないし、話をするくらい、かまわない。

「いつもは、そのパソコンでＹＯＵＴＵＢＥミュージックを立ち上げて、店のスピーカーから音楽を流しながら掃除してる」

「そうなんだ！　あ、ほんとだ！　プレイリストあるね！　ちょっと待ってて。……よっと！」

彼女は、パソコンの画面のあちら側からアイコンをタップして見せた。すぐにYOUTUBEミュージックが立ち上がり、一番上にしていたプレイリストの一曲目がかかる。

「ふんふん。『サーフミュージック・春』かぁ。エモいね」

ジャック・ジョンソンの曲。陽気なリズムとエモーショナルなメロディが店中に溢《あふ》れた。

なんでもありかよ。湊はツッコむのに疲れてきたせいか、内心でその思いをとどめた。

「なんとか～♪　かんとか～♪　うぉううぉ～♪」

彼女は、拳で作ったマイクで軽やかに歌っている。とても楽しそうなのだが、アレンジしすぎたカバー曲のように、音があっていないところがある。歌詞は全部『なんとか』と『かんとか』だ。

「この曲知ってんの？」

「ううん。テキトーだぜ」

床を磨きつつ尋ねた湊に、彼女はにやりと笑って見せた。いわゆるドヤ顔というやつである。

「強気すぎるだろ」

「サーフミュージックだからフィーリングでいいとみた！」

「どういう理屈だよ」

「いぇーい！」

「……ぷっ」

　湊はあまりにも自由過ぎる彼女に、つい吹き出してしまった。状況は謎のままなのだが、それは別にいいかもしれない、と思ってしまいそうな気楽さが彼女にはある。

「あっ！　笑った！」

「笑ってねぇよ」

「いーや、笑ったね！　ずっとくらーい顔してたから、わかるもん」

　たしかに湊は普段から無表情だとか仏頂面だとか言われることが多いし、ここ一年はなおさらだろう。だから多少は珍しかったのかもしれない。しかし彼女のほうがよほど笑っている様に思えた。

「へえへえ」

　そんな会話をしつつ、スマホな彼女とジャック・ジョンソンの賑やかなデュエットを聴きつつ、モップをかけることしばらく。湊は、気になっていたことを思い出した。

「そういえば、えっと、……お前、自分の名前、なんだっけ、って言ってたよな？　どういう意味だよ？」

彼女は歌うのをやめ、腕を組んで考え込んでから答えた。

「なんかね、思い出せないんだよ」

うーん、と小さくうなりつつ、眉の角度をさげる彼女。真面目に考え込む表情は、冗談や誤魔化しを言っているようには見えない。

「あ、えっとね。名前が元からないとか、そういうんじゃないよ！　名前もあったし、今朝、湊くんのスマホの中で気が付くまでは、たしかにどこかで何かをしてたはずなんだよ。でも、なんでだろ。ぼや～っとしてて、わかんない。名前も、年も」

腕を組んで首をかしげる彼女の様子。湊は奇妙に思った。その言い方では、まるで『どこかにいた誰か』が自分のスマホのなかにやってきたかのようではないか。どこかのハッカーが作ったウイルスが、そんなことを言うとは思えない。

「……そうか。それは、まあ、いろいろ不便だな」

どう答えればいいかわからなかった湊の口から出たのは、そんな言葉だった。

「ふべん？」

「あー、いや、なんていうか、どう呼べばいいかわかんねぇし」

咄嗟《とっさ》に口をついたものだったが、それもまた、湊がさきほどから思っていたことでもある。これまで何度か彼女のことを『お前』と呼んでしまったが、しっくりこない。

女性に対してお前、と呼ぶのは失礼な気がするし、なんとなく偉そう。とはいえ、自分は『君』なんて二人称を使うキャラでもない。

「なるほど。ふんふん。それもそだね。……あっ！　じゃあ、湊くんが名前つけてよ！

これから一緒にいるわけだし」

ぴっ、と指さしてくるスマホの中の彼女。

「一緒にいるのか……」

さらっと言われたが、一緒にいる、というのは決定事項なのかと反論したくなる。が、
おそらく無駄であろう。

湊はモップを動かしつつしばらく考えた。たしかに、呼び名が無いのは不便だと思える。

少し考えたが、とくに思いつくことがない。なので湊はぼそりと答えた。

「じゃあ、田中《たなか》で」

「いや！」

間髪いれない否定である。両手で、×の字を作っている。さらに、どこのサイトから
拾ってきたのか、クイズ番組の不正解のときに鳴るような効果音をわざわざスピーカー
から発せられた。

「なんでだよ」

「今すごい適当に決めたじゃん。普通すぎるし可愛くなーい――」

「全国の田中さんに失礼だろ」

「とにかくダメ」

つーん、と横を向かれてしまった。面倒くさい。しかしたしかに適当に決めたのは事実でもあったので、少し困ってしまう。

元来、湊は軽妙洒脱《けいみようしやだつ》なお喋《しやべ》りが出来るタイプではない。一つのことだけをずっとやってきたせいで、他のことが不器用だし、女の子と楽しく会話するのは不得手なのだ。

仕方がないので、湊はおそらくもう会うこともなさそうな昔の知り合いの名前をあげてみた。

「……五十嵐《いがらし》」

「や」

「村上《むらかみ》」

「ノン」

「……大原《おおはら》」

「もっとちゃんと考えてよー。それ多分、誰か知り合いの名字でしょ。ほらほら、私のイメージにあうようなやつを！」

彼女はそう言うと、両手を広げてアピールしてみせた。イメージに合うヤツ、と言われても、まだ数時間の付き合いだし、自分のことを何も覚えていない相手のことなど知るわけがないのだ。かといって、外見的な要素から名づけるとすれば、それは『可愛い』という意味を内包するものになりそうで、それを悟られるのも嫌だ。

「バッチこいバッチこい！　ピッチャービビってる！　ヘイヘイヘイ！」

彼女は続いて、エアグローブを叩《たた》いて内野手の真似《まね》をしてみせた。

ウザい。湊はモップをバケツに突っ込んだ。そもそも、この場合の名前など便宜上のものに過ぎないのだから、どうだっていいのではないだろうか。

鈴木《すずき》だ。鈴木でいこう。と決める。田中とたいして変わらないが、呼ぶのはどうせ湊だけだ。

「じゃあ、すず」

「それだ！」

鈴木、と言おうとした湊の言葉は途中で遮られた。結果として、すず、という名前が浮かび上がる。

「いいね。すず！　なんかこう、響きが可愛いし、なんでかわからないけど、ピンときた感じ！」

画面に目をやれば、彼女は、なにやら目をぱちぱちとさせて、喜んでいた。まるで、踊りだしそうにすら見える。

「あー……」

訂正しようかと思った湊だったが、やめておく。別になんだっていいのだから、すずでも構わないわけだし、気に入ってるならわざわざ否定することもないだろう。

ふう、と息を吐いた湊に、彼女はにっこりと笑いかけた。

「ありがと、湊くん」

その笑顔は、妙に眩《まぶ》しくて、瑞々《みずみず》しくて。まるで晴れた空のようで。

湊は、一瞬だけ言葉に詰まった。画面から目をそらしつつ、額を掻いてからぼそりと口にする。

「そりゃどうも」

「じゃあ私は今からすずちゃんです！　リピートアフターミー。すずちゃん！」

マイクを突き出すようなそぶりをみせてノリノリなすずだが、湊はここで元気よくコールできるタイプではない。だから、元の話題に戻ることにした。

「そんなことより、ホントに何も思い出せねぇの？」

「……あれ？　誰に話しかけてるのかな？」

すずは、わざとらしく手でひさしをつくるようにして、あたりをキョロキョロと見回している。

「他に誰かいるのかよ」

「質問をしたいときは、名前で呼びかけるといいと思うなぁー。へへへ」

しし、と笑うすずの姿に、湊はリスなどのげっ歯類を思い浮かべた。いい性格をしている、湊は一度咳払《せきばら》いをして、声を張った。

「何も思い出せないんですか、すずさんは！」

すずは、口角をあげてにんまりと微笑《ほほえ》み、うんうん、と頷《うなず》き、それから答えた。

「年とか、どこで何してたかとか、どうしてこうなってるのかは全然わからないけど、一つだけ、たしかに覚えてることがあるよ」

すずの声のトーンが変わった。明るいままではあるが、そこに穏やかさと真摯な響きが加わったように思える。湊は、床を磨く手を止め画面にあらためて目を向けた。

「一つだけ？　なんだよ」

「うん。私ね、こうなる前から、ええと、つまりスマホの画面に入っちゃうずっと前から……えっと、だから、前から、その、ずっと。うーっ、これは言わなきゃいけないよね」

すずの声が、少しずつ小さくなっていく。まるでオフショアの波がやんでいくように、ここまでやたらとはしゃいでいるように感じられた彼女がわずかに口ごもっていた。その手元ではしょざいなげな指先がもじもじと絡み合い、その顔は浅く俯《うつむ》き、何故か頬がほんのりと朱に染まっていく。

「？　どうかしたのか？」

「……よしっ！」

何事か、と湊がすずを覗《のぞ》き込んだのと同時に、彼女はぐっと拳を握り、それから顔を上げた。一度目をぎゅっと閉じて、それから開けて、不思議に思う湊を、まっすぐに見つめてくる。

「あのね。ごほん！　言います」

「お、おう」

耳まで赤くしたすずが、なにやら必死な様子で続きを口にした。

「ずっと前から、湊くんのことが大好きでした」

あまりのもストレートに告げられたピュアな言葉。湊は一瞬、何を言われたのかわからなかった。少し遅れて、彼女の言わんとしていることを察する。

湊からすれば、今日初めて出会った相手、いや、これは『出会った』と言える状況なのかすら微妙なところだ。まったく覚えのない、実在しているのかすらわからない画面のなかの女の子。

そんなすずが言ったのだ。ずっと前から、と。

「え……」

彼女の無駄に陽気なところや、どこか悪戯《いたずら》っぽい印象から、これも冗談なのかとは思った。しかし、見つめてくるすずの瞳には虹を思わせる輝きがある。眩《まばゆ》いくらいにまっすぐで、逃げ出したくなるほどこそばゆい、夢見る光。

いくらバカだという自負がある湊でもわかった。これは、恋する瞳だ。

とはいえ、まったく意味がわからない。湊には、まったく身に覚えがないのだ。

「はー……、やっと言えたー。いつから言いたかったのか覚えてないし、どうして好きになったのかも思い出せないけど、やっとって感じがする！　やったぜ」

感慨深そうに息をつき、小さくガッツポーズをしてみせるすず。一方、湊はリアクションをとることができなかった。

「た、多分ね。そういうアレもあって、湊くんのスマホのなかに来ちゃったとかもあるんじゃないかと思うんだよね？　だって、自分のこと何も覚えてないし、湊くんのこともよく知らないのに、湊くんの名前と、好きだって気持ちだけは覚えてたんだよ？」

そんな湊に、すずは手をバタバタとさせて、謎のジェスチャーとともに推論を口にする。

今朝起きた時からもたらされた情報量が多すぎて、それが謎過ぎて、トドメに告白だ。

湊は、こう答えるのが精一杯だった。

「……何言ってんだ？」

※※

本日。梅雨明けの初夏はほどよく涼しかった。私は、あんまり暑すぎたり寒すぎたりすると、外出が許可されないから、ありがたい。

早起きした私は二階の窓をあけて外の様子を眺めた。

おうちの窓を開けるだけで海が見えるのはとても素敵なことで、この島に生まれて良かったと思えることの一つだ。

晴れた空の下、翠《みどり》に澄んだ海面がゆらゆらと揺れていた。

私は、胸に手をあててみた。鼓動は安定している。

鏡も見てみる。頬の血色がいいと思う。このボブにした髪が少し子どもっぽいのが気になるけど、きっと今日の私はちょっとだけ調子がいい。

私は、カメラを手にすると、お母さんに伝えてから家をでた。このカメラは、女の子が持つにはかなりゴツめだけど、私の愛用品だ。

鳥居をくぐり、石段をゆっくりゆっくり降りていく。狭い坂道を挟むようにして並ぶ開店前のお土産屋さんやクレープ屋さんの前を通り、小さい街を横切る。その間にも何度かシャッターを押しては、風景を切り取っていく。そしてそのまま私だけの場所に向かった。少し歩くけど、ちょっとの運動は健康にもいい。電車に乗るのも、けっこう好き。

　ビーチに到着。ここからは生まれ故郷であるあの島がよく見える。きっと、昼になれば地元の人も観光客もたくさんくるのだろうけど、まだ人影がまばらだ。隅っこのほうに、ちょうど木陰になる小さなスペースがあって、私はそこにシートを敷いて腰かけた。海風が頬をくすぐり、潮の匂いが鼻腔《びこう》をぬけていく。とても大きくて、でも静かな波の音が鼓膜をそっと震わせる。

　私は色々な写真を撮るけど、一番好きなのは海と空を撮ることだ。蒼《あお》と翠と白で構成されたキラキラした世界をカメラに収めるのは、とても素敵だ。

　本当は、こんなことをしている場合じゃないかもしれないのはわかってる。身体《からだ》はきっとどんどん悪くなっていくんだろうし、例えばこうして撮影を続けて写真が上手になったとしても、私には未来がないかもしれないから。

　でも、私はこうして時々海にやってくる。カメラで世界を見ているときは、現実を忘れられる気がした。

　撮影する方向、つまりは切り取る海を探して、私はあたりを見回した。

　ふと、白い板が空中を横切っていくのがみえた。

　一瞬だけびっくりしたけど、すぐにわかった。あの白い板はサーフボードというもので、浮いているわけではなく、男の子が抱えて歩いていたのだ。

あまりサーフィンのことはよく知らないけど、なんだかすごいな、って思った。あの板は、えっとサーフボードは思ったより大きくない。先の方がしゅっとしていて、なんだか形は葉っぱみたい。あんなものに乗って、海に立つのは難しそうに思う。さらに波の上をだーっと滑るなんて、よくわからない話だ。あと、どうしてそんなことをするのかも謎。面白いのかな。

そんなことを考えていると、ついじっと見つめてしまっていたみたいで、サーフボードを抱えていた男の子と目があった気がした。遠くてよく分からなかったけど、多分。ぺこり、と頭を下げられた。多分彼は、ども、とか、うす、とかそういうことを言ったのだろうけど、よく聞こえなかった。私の方も、男の子と気軽に話せるような社交的なタイプではないので、ただお辞儀をして応える。

なんとなく、あんまりサーファーっぽくない人だな、と思った。実際サーファーの知り合いなんていないから、イメージの話だけど。

日に焼けた体や、細身だけど筋肉質な体の話じゃなくて。なんというか、あんまりチャラそうに見えない。や、私のサーファーのイメージどうなってんだって話だけど。

彼は、ナチュラルな黒髪と精悍《せいかん》な顔立ちをしていた。カタくて、どことなく武骨な表情。カッコイイとは思うけど、イケメンというのはなんか違う。

サーファーと言えば、タトゥーとかしてて、茶髪でイケイケで、ナンパとかしてて、いぇーい！　ノッてるかーい！　みたいな貧困なイメージしか持ってなかった私としては、ちょっと驚いた。

サーファーというよりは、強豪の剣道部員みたいな感じだ。

なんとなく気になって、私の目は海のほうに歩いていく彼の背中を追った。

彼は、波打ち際で入念な準備体操をしてから海に入った。どうでもいいけど、めっちゃ体が柔らかくてびっくりした。開脚で胸が砂浜についていたのだ。

海に入った彼は、ボードの上で寝そべるようにして、それからクロールをするように漕《こ》いで、沖のほうへ向かっていく。軽くやっているように見えるけど、あれ結構疲れそうだなって思う。途中で波がやってきたんだけど、なんか上手に波をやり過ごしていた。どうやったのかよくわからない。

沖にたどり着く前に波がきたら岸に戻されるのでは？　というサーフィンについて前々から思っていた疑問が解決した。

彼はしばらく沖のほうでボードの上に座る様にして波をまっていて、そのあとついに波に乗り出した。

海沿いの街に住んでいるから、サーフィンをやっている人が視界に入ったことはある。だけど考えてみれば、こうしてちゃんと意識して見るのは初めてだった。

うねりの上に立ち、滑り降り、また昇り、飛沫《ひまつ》をあげてターン。海のなかで自由自在に見える伸びやかな様子に、惹《ひ》きつけられた。

でも彼は、途中何度か波乗りをやめては首を捻《ひね》ったり、砂浜にあがっては撮影していたらしい動画をスマホでチェックして考えこむ様子を見せた。なんだかよくわからないけど、納得がいっていないらしい。

彼は何度も何度も波の上で立ち上がり、うねりに乗って走った。ときどき失敗したのか波に呑《の》まれたり、ボードから落ちたり。そのたびにムキになった様子でまた沖へと向かった。

私は海と空の写真を何枚か撮っていたけど、そんな彼の様子が横目に入るとどうしても気になる。

やがて、彼は何本目かわからない大きな波に突撃すると、その上に見事に立ち、綺麗な飛沫をあげてターンを連続して決め……かけたけど、体勢を崩して海に落ちてしまった。

うわ、あれ大丈夫なのかな。なんてことを思ったけど、彼はしばらくして、海面から顔を出した。すごく悔しそうな顔をしていて、なんだか子どもみたいだ。

彼はしばらく黙々とサーフィンを続けていたけど、結局やりたいことは成功しなかったらしい。そうしているうちに太陽が高くなっていって、波がなくなってしまった。

砂浜にあがってきた彼は大の字に寝転ぶ。なんだか、とっても気持ちよさそうにみえた。

※※

もっと大変なことなるかと思ったけど、意外と平気だった。これが、今日一日を過ごしてみた湊の感想である。

朝起きて、サーフショップで昼までバイトして、午後から大学に行って三限と四限を受け、ジムに寄って筋トレをして帰宅。いつも通りの日常を過ごせた。それは、スマホのなかにいるすずが、意外に空気を読んでくれたことに起因する。バイト中は客が来れば画面から引っ込み、講義中も静かにしてくれていたわけだ。

「ただいまー。ふぃー、疲れたー」

「お前んちかよ。あと疲れるのか？　スマホのなかにいるだけで」

夕暮れ時。自宅であるトレーラーハウスのドアを開けた湊は、すずを、つまりはスマホをベッドに放り投げながら答えた。

「いいじゃーん。ずっと黙ってるのも疲れるのデスヨ？」

ちっちっと人差し指を振って見せるすず。湊はほんの少しだけ申し訳ない気持ちになった。自分がどこかに閉じ込められて、なにも出来ずに一日黙ってろとなると、ちょっと苦しいかもしれない。

「あ、そうだ。湊くん、この漫画面白かったー」

そう言うすずが画面の奥から示してくるのは、湊が電子書籍で購入した漫画である。静かにしていた間は、スマホ内に保存してあるデータをお楽しみになっていたらしい。

同情して損した、と思わされる。

「そ、そんなこと出来んの!? ちょ、マジかよ……」

「あ、だいじょーぶ! LINE読んだり、ブックマーク調べたりはしてないよ? それはほら、プライバシーだし。それに、えっちなサイトとかお気に入りしてたりしたら私も恥ずかしー! ってなるし」

「……」

「あ、してるんだ!」

「してねぇっての!」

イタズラっぽく笑い、からかってくるすず。見られて困るようなものはほとんどないが、とりあえずブックマークは整理しておこうと湊は決めた。

「そういえば、朝も思ったけど、湊くんのおうちって変わってるね」

バッグを壁にかけた湊に、すずが部屋の感想を告げてきた。この部屋に人をあげたことはほとんどないが、もしそういう機会があれば大半は同じことを言われるだろう。

「家っていうか、これ車だからな」

中途半端な広さの緑地に駐車された大型トレーラー。それが湊の住まいだ。アメリカなどではたまに見かけるトレーラーハウス。日本ではあまり見かけないし、まして定住しているものはほとんどいないだろう。

「ふーん。でもなんか面白いね。私は好き」

「そりゃどうも」

性分なのか、そっけない言い方になってしまうが、すずの言葉は、湊にも少し嬉しかった。自分でも気に入っている住まいだからだ。なので、放り投げていたスマホをスタンドにたてかける。

「それに意外に便利そう」

「まあな」

トレーラーとはいえ、上下水道や電気も使えるし、ベッドもソファも置ける。家族で住むには狭いかもしれないが、男が一人暮らしするにはスペースも十分だ。

「今さらだけど、一人暮らしなんだね？」

スタンドに立てかけたスマホ画面のなかにいるすずが、部屋を見渡す。誰がどうみても、家族の影のない部屋だ。ついでにいえば、恋人の影もないに違いない。

「長いの？　一人暮らし」

すずの質問に湊は頷いて応えた。まるで、普通の女の子が部屋にやってきたときのような会話だ。湊にはそんな経験はないが、多分そうだろう。

「ふむふむ。あ、じゃあ私が湊くんの地元を当ててみよう」

大学生が一人暮らしをしているとなれば、進学で地元から離れて、というのが定番なので、すずの疑問はもっともだった。しかし、湊の場合は少し事情が違う。

「ここだよ、湘南」

「え？　じゃあなんで？」

不思議そうにしているすず。湊は、少し考えたが、別に隠すようなことでもない。

湊にはもう実家と呼べる場所がない、ということだ。

別に両親が他界したわけではない。単に、湊の高校卒業と同時に子育ても終えたと判断した彼らがここ湘南にあった家を売り、岩手の山奥に引っ越してしまったためだ。

アーリーリタイヤからの第二の人生、田舎暮らしを夢としていた両親は、今はペンションを経営している。

湊だけが湘南に残ったのは、せっかく受かった湘南文化大学《しょうなんぶんか》への進学のこともあって地元から離れたくなかったからだ。と、いうようなことを湊はすずに話した。

「ふむふむ。なるほどー」

すずが納得したようなので、湊はそこで話すのをやめた。進学のため、という言葉も嘘《うそ》ではないが、実際にはそれ以上にプロとしての活動のためだった。このトレーラーハウスも、その活動を応援してくれた物好きな金持ちが格安で貸してくれている。湊のプロとしての活動拠点は海辺でなければならなかったし、当時すでに大会で賞金を稼いだり、スポンサーからの固定給をもらっていて、ブランドの広告塔にもなっていたため、活動は続ける必要があった。

そして何より湊は湘南の海が、風が、そして波が好きだったから。

今となっては、もはや無くなってしまった事情。わざわざ言う必要もないことだ。

「一人暮らしってなんだか自由で楽しそうだし、ちょっと憧れるなー」

すずは屈託なくそんなことを言った。

若干の違和感を覚える。だが湊がその違和感を確かめるより早く、誰かがトレーラーハウスの窓をノックしている音が聞こえてきた。

こんこん。妙にリズミカルな、陽気なノックの音。すぐに誰の手によるものなのかということがわかる。今朝、湊がＬＩＮＥを送った相手だ。

「ちょっと隠れてろ」

「えー？」

「お願いします」

「いえっさ」

隠れる、という言い方が適切なのかはわからないが、すずは湊の要請に対してびしっと敬礼をしてみせて、スマホ画面から消えた。よくみると、いつの間にかトップ画面に『すず♡』というアイコンが出来ている。湊はあきれつつも苦笑してしまった。多分、この中に引っ込んだのだろう。

すずが静かになったのを確認した湊は、あえて窓辺によることはなく、そのままトレーラーハウスを出た。彼がここに来ることは多いが二人でダラダラと話すのはいつも室内ではない。

「よ、みーくん。ビール買ってきーたぜ」

バドワイザーの瓶六本パックをかかげ、爽やかに笑っている彼は、成瀬《なるせ》信之《のぶゆき》。湊の幼《おさな》馴染《なじみ》だ。

「サンキュ」

わずかにパーマのかかった明るい色の髪、シンプルながら何故か洒脱《しゃだつ》に見えるジャケットとパンツ、華やかで甘い顔立ち、軽妙で陽気な口調。それが信之という男で、外見的にはおよそ正反対のタイプながら、湊と信之の付き合いはもう十五年になる。気が付けば、およそ人生の四分の三という長さだ。

信之は持参したビールをトレーラーハウスの外の緑地スペースに置いてあるミニテー

ブルに置き、二脚あるアウトドアチェアの一つに腰かけた。すぐに、ぷしゅっと音をさせている。勝手知ったる人の家、というやつだ。

湊も隣に座り、バドワイザーの栓を開けた。二人とも背は高い方なので、こうして飲んだりするときは窮屈になるトレーラーハウスではなく、『庭』と呼んでいる外の芝生スペースで過ごすのが定番だった。風も気持ちがいいこともその理由だ。遠くに海が見えてしまうのだが、それは湊が目をそらせばいいだけのことだ。

「早かったな。今日はデートじゃねぇの？」

「ま、たまにはね」

信之は湊と同じ大学だが、学部が異なっているので共通の知り合いはほとんどいない。だが、信之が色々な女の子と一緒に歩いているのは何度も見たことがあった。

「さっきまで実験のレポートまとめてたんだぜー。疲れたー。ビールうめー」

「真面目な学生みたいで素晴らしいな」

「真面目なガクセーだもん。おれ、一年から今までオール優で単位とってるんだぜ？」

「マジか。すげぇ」

「そりゃ、この年になるとモテるためには将来性とか有能感も大切になるし？　そこは頑張っちゃうわけさ」

「お前ほど真剣なチャラ男は他にいねぇよ」

「よせやいみーくん。あんまり褒めるなよ」

「別に褒めてねぇよ」

いつものように、たいして意味のないバカな話を続けることしばらく。そろそろ本題を切り出すか、と湊が決めたのと同時に、信之のほうから問いかけてきた。

「んで？　みーくんが相談があるって、珍しいじゃん。どったの？」

信之は、頭の後ろで手を組み、飲み干したビール瓶を咥《くわ》えたままの姿勢ながら、瞳にはわずかに真剣な色を浮かべた。湊の過去と今を知る信之は多分、湊の相談事を別のことと勘違いしている。だから真剣に、しかしそれをフワリと隠しつつ聞いてくれようとしているのだとわかる。彼らしい。

湊はすずのことを幼馴染の友人である信之に相談しようと決めていた。ウイルスなのか、あるいはハッキングとかそういうものなのか。去年までガラケーを使っていたような湊には理解も対処も出来ないが、彼なら見当が付く可能性もあるだろう。

「えーっと、どう言やいいかな……」

湊は額を人差し指で掻いた。相手が信之だから、信じてくれないかもという懸念はない。無駄に騒ぎが大きくなることもないはずだ。要するに、信之のことを信頼している。

しかし説明が難しい。しばらく考えた湊は、もう実物から見せることにした。

スマホをポケットから取り出し、あの妙にラブリーなアイコンを見つめ、それから自ら名付けた彼女の名を呼ぶ。

「……すず」

途端に、画面いっぱいに女の子が出現した。何故かまた着替えている。今度はビッグシルエットのパーカー姿だ。ややオシャレな部屋着ということなのかもしれない。部屋着の彼女は元気よく答えた。

「じゃじゃーん。すずちゃんです！　湊くんのお友達さんですね？　うわ、すごいイケメン……！　あ、じゃなくて！　こんばんは！」

ピースサインで登場、満面の笑みで挨拶、それからペコリと頭を下げるすず。その動きや反応は、既存のアプリや動画ではありえないほど滑らかで、圧倒的なリアリティがある。

信之は一瞬呆気《あっけ》に取《と》られたようだった。

「こ、こんばんは」

明らかに謎過ぎる存在に対しても反射的に挨拶を返せるところが、実はおぼっちゃまで育ちのいい信之らしいところだが、さすがに困惑しているようだった。

「信之、コイツはだな……」

湊は、改めて今朝からの一連の出来事を信之に話した。

ただ、彼女が自分を好きと言った部分については、恥ずかしいので伏せて。しかし速攻ですず自身がバラした。なおこのとき、信之は何故か嬉しそうだった。

「世の中には、不思議なことがあるもんだねー」

信之は最初こそ驚きを隠せない様子だったが、すべてを聞きおえると、まず感想を一言。それに合わせて、すずが『ねー』と続け、さらに信之が『ねー』と合わせた。仲良しか、と湊は思ったが、それは口にせず質問を優先した。

「で、どう思う？　これ、どういう状況だよ？」

湊が信之を相談相手に選んだのは、たんに親しい幼馴染だからということだけが理由ではない。彼はこう見えても、かなり優秀な理系の学生で、昔から工学や物理の知識に長《た》けている。だから、湊は自分よりはマシな見解を期待していた。

「そうだねー。確実なのは、外部からリアルタイムで通話してるわけじゃないってことかな。ウイルスとかでもないと思うよ。どっかの会社が作った新しいアプリでもなさそう」

「なんでだよ？」

「だって、モバイルデータ通信とかＷｉＦｉ切ってもすずちゃんは喋れるじゃん、だから外部からのアクセスじゃない。それに、ウイルスにしろアプリにしろ、こんな高度なＡＩを作る技術はないよ」

「そーだそーだ！　私、ウイルスとかじゃないし！」

ごく当たり前のように言う信之。それに同意するすず。その内容は、たしかに湊にも納得できることだ。しかしそうであれば、ますますすずの存在がわからなくなる。

すずがごく当たり前に話しているため忘れてしまいそうになるし、そのせいか信之もこの状況を受け入れているが、冷静に考えればかなり不可思議だといえるだろう。

「じゃあ一体どういうことなんだよ……。あれか？ 長年使った道具に魂が宿る的なやつか？」

湊は思いついたことを口にしてみた。付喪神、といっただろうか。昔話や漫画で読んだことがある。しかし付喪神が宿るのは、刀だったり、簪《かんざし》だったり、そういうものだったような気がするし、第一、湊は今のスマホを使い始めて半年も経《た》っていない。それ以前は、時代遅れのガラケーを使用していた。

「さあね。でもさぁ、人の意識なんて、しょせんは電気信号なんだし、記憶だって理屈の上ではデータに変換できないこともないじゃん。だから、スマホに人格が宿るってそんなありえなくはなくない？ 電子とか粒子レベルの話だとしたら、空間も時間もワープしたりするんだから、スマホにってのはわりとありそうじゃん」

感情や人格をデータと捉えるあたり、信之らしい。そしてその言葉には一瞬納得しそうになってしまうものもある。しかし、仮にそうだったとしても、何も解決はしない。

「はー、わかんねぇ。いったいどうしたらいいんだよ……」

頭を抱えた湊に対して、信之はビールを一口飲むと、こともなげに告げた。

「いいんじゃね？　別に何もしなくても。現状維持で、美少女との同棲《どうせい》生活と思えば？」

「軽すぎだろお前。ヘリウムかよ」

「だって、どうしようもないじゃん？　それに、なにか困ることがあるわけじゃないでしょ」

信之はビールの蓋を二本分あけ、その一つを湊に差し出しながら肩をすくめてみせる。

「そりゃ……」

ビール瓶は受け取ったが、湊はすぐに口をつける気にはなれなかった。そしてこうも思う。そうだった、コイツはこういうヤツだった。

「いや、どっかの研究所とかに渡して調べてもらうとか」

「それ、なんかトクするわけ？」

「……このスマホ捨てて、新しいの契約するって手も」

「えー！　そ、そんな！」

ひとまず思いついた案をそのまま口にした湊に対し、すずは即行で声を上げた。

スマホを見れば、古い表現でいうところの『がーん！』といった様子である。

「ひどい……。私、悪いことしてないのに」

「ひどーい。みーくんの人でなしー」

よよよ、と泣き崩れるふりをするずと、手で作ったメガホンでヤジを飛ばす信之。

「や、待て待て。俺は方法として思いついたことを口にしただけであって、何もそうするとは……」

そうなると、湊としても勢いが弱る。実際、別にそうしようと思っていたわけではないのだ。

「さんざん私をモテ遊んでおいて、捨てるの……？」

「誰が弄んだよ」

「だって、色んなところ触られたし、ベッドに放り投げられたし……ぐすん、私、もうお嫁にいけない……！　おーいおいおい……！」

「スマホだからな⁉　そりゃタップするし、放り投げるわ！」

すずが冗談混じりに喚《わめ》き散らし、湊はそれにごく当たり前のツッコミを入れ、信之はそんな二人を見てくすくすと笑っている。しばらくそんなやりとりが続いたが、やがて。

「……で、みーくん結局どーすんの？　まあ、どうしてもそのスマホを捨てるってんなら、まあ……うん」

信之はちろり、と湊を見た。さっきまでふざけていたすずは、今は黙っている。ただ、湊の横目に映るスマホの画面では、彼女は両手を祈るように組んでいて、ぎゅっと目を閉じ俯いている。わかりやすいヤツだとは思っていたが、ハラハラしている様子も丸わかりだ。本当は、さっきから不安だったのかもしれない。

湊は考える。実際問題、このおかしな状況をどうすればいいのか？　とはいえ、できることはほぼない。ならばどうするのか？

湊は、スマホの画面を一度見て、溜息をついてからボソボソと口を開いた。

「……機種変するのも金かかるし……面倒だし……」

湊のセリフに合わせて、すずが顔を上げた。

「変なことして問題を起こさないってことなら……」

すずは、うんうんと首を大きく振っている。

「正体とか、対応方法とかがわかるまでってことで……はあ」

湊は、ああもう！　とばかりにバドワイザーを一息に飲み干して、続けた。

「このままでいいよ」

瞬間、スマホからはボリューム最大の女の子の嬌声が響く。

「やったー！　湊くん大好きー！」

すずは、スマホのなかで小躍りすると、手のひらを画面いっぱいにおしつけてきた。

「ん」

「なんだよ？」

「ん！」

少し遅れて、彼女が要求していることに気づき、湊はしょうがないので画面に手のひらを当てた。次元が違う相手と行う、ハイタッチである。

「ふつつかものですが！」

「……はいはい。よろしく……」

ただし両者のテンションはかなり違う。

「おめでと、すずちゃん。よし乾杯を……、っと。持ってきたのきれちった。みーくん、ビール冷蔵庫から取ってきてー」

ニコニコと嬉しそうな信之。湊は、なんとなく照れくさくてこの場から一時離れたかったこともあり、素直に応じることにした。アウトドアチェアから立ちトレーラーハウスへ戻り、冷蔵庫をあける。が、ビールが入っていない。そういえば、買い物をしていなかった。

代わりに見つけたのは、ウイスキーのボトルだ。

ハイボールでいいか？　外にいる信之にそう尋ねようと、湊はトレーラーハウスの窓を開けた。すると、窓越しに会話が聞こえてくる。

「成瀬くんのおかげで捨てられずにすんだよ！　ありがとー」

「いやいや、すずちゃん可愛いし、悪い子にみえないしね。それに、みーくんはツンデレだからあんな言い方してたけど、おれが何も言わなくても、多分すずちゃんを捨てたりしなかったよ」

「ふふふ。そっかなー。それにしても、分かりあってる感じ、いいなあ。こう二人のイケメンの友情！　みたいな。ちょっとカッコよくて憧れる」

「ははは。イケメンかぁ、ありがと。でも、みーくんってさぁ、わりとカッコいいのにモテないんだよ。無愛想だし不器用だしぶっきらぼうだし、しかも口下手。なんか昭和の硬派マンなんだよねー。古いのよ」

「わかるわかるー」

あのバカ、好き勝手言いやがって。湊はハイボールの件を尋ねるのを辞めた。勝手に作り、タバスコでも混ぜて信之に呑ませることにする。

湊がドリンクを作っている間にも、二人のお喋りは続いていく。

大体は湊を揶揄《やゆ》したり、あるいはすずがスマホのなかから出来ることについての内容だ。ただ、最後に信之は話すトーンを少し変えた。

「おれね、すずちゃんの正体とかはよくわかんないけど、みーくんのスマホに現れてくれて良かったな、って思うよ」

「そうかな。湊くん、迷惑じゃないといいいんだけど」

「アイツ、一年くらい前に……、んー。ちょっと色々あってさ。今は平気なふりしてるけど、多分ホントはそうでもないんだと思う。すずちゃんみたいな元気な子が傍《そば》にいるのって、いいんじゃないかなって」

「それって……？」

ずっと能天気だったすずの声が、少しだけ遠慮がちになる。それは、誰かを慮《おもんぱか》る優しさが感じられる響きだった。

「だから、みーくんのこと、よろしくね」

すこしの間があって、すずが「うん」と答えたのが聞こえた。きっと、無駄に大きく頷いているのだろう。

意図せずにそんなやりとりを聞いてしまった湊は、ふと部屋の隅に目を向けた。そこには、真っ二つに折れてしまった黒いサーフボードが、転がったままになっている。

湊は、飲み物の用意を終えると誰にも聴こえないボリュームで、囁《ささや》くように呟《つぶや》いた。

「……ばーか」

湊の手には、二杯のハイボールと一杯のオレンジジュース。ふと、そこで気づく。スマートフォンは、ジュースを飲まない。

バカなのは、俺か。湊は、そんな言葉を呑み込んだ。

それはきっと、飲み物のことだけを指してはいなかった。

※※

なりゆきで始まった共同生活だが、それは湊の予想よりスムーズなものだった。

例えば、大学生活。湊は、目立たないハンズフリーイヤフォンを片耳だけに装着して講義を受けることになったが、とくに支障はなかった。

と、いうのも、講義中のすずが、意外にも真面目に内容を聞いていたからだ。ときおりイヤフォンから入るすずの言葉も、ほぼ講義に関する内容だ。

「へー、古代エジプト人ってすごかったんだねー……。ほえー」

考古学についての講義中、すずはそう言ってしきりに感心していた。古代エジプトでは、女性に麦畑に尿をさせ、その麦の発育具合で女性が妊娠しているかどうかを判別する方法があったとのことだ。なお、妊婦の尿に含まれる特定の物質が麦の発育に影響するということは、何世紀もあとに医学的に確認された事実だそうだ。

「知ってた？　湊くん？」

「知るわけねぇだろ」

講義が終われば、キャンパス内を歩きながらそんな話をする。傍から見れば、誰かと通話しているようにみえるはずだ。

すずは、大学で湊が受ける講義や演習に一緒に参加し、その都度、とても楽しそうにしていた。

「なんか、お前、結構真面目なのな。そんなに勉強が好きなタイプとは思わなかったわ」

「面白いよー。大学って、いろんなこと教えてくれるんだね！」

すずのそんな言い方は、湊にとっては新鮮だった。ラクに単位が取れる講義ばかりを選択し日々遊んでばかりの大学生が珍しくない昨今、珍しい姿勢だといえるかもしれない。

「そりゃよかったな。なら東洋史のレポート代わりに書いてくれ。このスマホ、ワードソフト入ってるから」

「ダメでーす。いいかね若人よ。学問は自分の力で修めなければ意味がないんじゃよ」

画面をみると、すずは白衣にツケヒゲの博士コスプレをしていた。またどこかのサイトから引っ張ってきたらしい。わざとらしく偉そうな咳払いもあわせて、ウザくて笑ってしまう。

などと言いあいつつ、実際にレポートを書くときには、ああでもないこうでもない、それは面白い、漢字が間違っているなんて言いあいながら行う。レポートは好きではない湊だが、いつもより捗《はかど》った。

学食でカレーばかり食べていると栄養が偏ると文句を言われたり、大学図書館に行くことを強いられ、借りてきた本をスマホの前でめくるのが面倒だったり。そんなことはありつつも、言いたいことをポンポン言ってきて、ポジティブに大学生活を楽しんでいるすずと一緒に過ごすキャンパスは、少なくとも退屈はしなかった。

すずはなにしろスマホなので、帰宅後も一緒に過ごすことになる。

トレーラーハウス内の狭いスペースで、日課である筋トレをする湊。すずは、何が面白いのかスタンドに立てかけたスマホ内から見守っていた。

「……ふっ……ふっ……」

ウエイトをつけて行う腕立て伏せ、腹筋、背筋、スクワットだけは軽く。いつもは淡々と行っているそれに、いちいち合いの手が入る。

「熱くなれよ！　もっと熱くなれよ！」

「ナイス上腕二頭筋！　大胸筋キレてるよー！　胸鎖乳突筋が喜んでる！」

画面のなかでハチマキをしたすずは、熱血テニスコーチやボディビルの観客のように大騒ぎだ。

「あー、疲れた……。ってか、すず、なんだそれ」

「応援！　今日はマッチョイズム系で攻めてみたけど、明日は健気《けなげ》なマネージャー路線を検討ちゅー」

湊は汗をTシャツで拭い、息を整えながら尋ねる。

「それ、楽しいわけ？」

すずは控えめなボリュームの胸を大きく張り、力いっぱい答えた。

「楽しいよ。だ、だって、好きな人を応援してるんだもん。マッスルも眼福だしー」

「……そうですか」

そう言われると、湊はそれ以上何も言えなくなる。恥ずかしいのか、単に答えに迷っているからなのか、自分でもわからない。

すずは、最初に告白してきたあのときから、何度も湊のことを好きだと言う。いつもまっすぐに、瞳を輝かせて、少しばかり照れながら。

これが普通の女の子相手であれば、いくらそういうことに疎い湊でもなにかしら違う対応をするだろう。しかし状況が特殊すぎる。なにしろ相手は画面の中にしかいないのだ。付き合うとか付き合わないとか返事をするのもおかしいし、だから何も答えられない。

「えへへ……あ！　それにしても、湊くん、毎日すごいね。あんなに重い物背負って腕立て伏せ何十回もできるとか、びっくりした」

すずは、小さく拍手をしながらそう言った。たしかに、とくに運動経験のない女の子からすれば、今のトレーニングでもそんな風に見えるかもしれない。しかし実際のところ、たいした強度ではない。少なくとも、湊が一年前まで行っていたものに比べれば、軽いエクササイズ程度のものだ。

「前から不思議だったんだけど、なんでそんなに体鍛えてるのー？」

無邪気に尋ねてくるすずに、湊は少し考えた。モテたいからとか、ダイエットだとか、筋トレマニアだからだからとか、ありそうな答えはいくらでも思いつくが、上手《うま》く嘘を吐ける気がしない。だから、素直に、笑って答えた。たとえ自嘲でも、笑いは笑いだ。

「ただの惰性だよ」

湊が笑うたびに、『今笑った！』と指摘する彼女だったが、そのときのすずは、ただ首を傾《かし》げただけだった。

日課の筋トレが終われば、食事作り。トレーラーハウスにはキッチンがなく、かわりに外にバーベキュースタンドが置いてある。そこでパティを焼き、ハンバーガーを作る。それをもって室内に戻り、映画を観《み》る。テレビはないが、かわりにプロジェクターがあり、それを白い壁に映すのだ。

立てかけたスマホと並んで映画を観るのは妙な気分だが、ときおり横目で彼女を見ると、コメディシーンで大口を開けて笑っていたり、クライマックスで涙ぐんでいたりする。

この前見たのは、三十年以上昔の映画、『バック・トゥ・ザ・フューチャー』。湊も初めて観たこの作品はタイムトラベルを扱った物語だった。過去に戻った主人公は、自身の行動によって運命を変え、ハッピーエンドを勝ち取る。荒唐無稽のそんな内容に、彼女は一喜一憂していた。荒唐無稽という意味ではすずの存在自体も同じことが言えるので、共感したのかもしれない。

いずれにせよ表情のコロコロ変わる、忙しい奴だ。無表情だと言われることの多い自分とは、全然違う。湊は、そんな彼女と過ごしている自分が、少しだけおかしかった。

ある夜は、いつもよりかなり美味《おい》しくハンバーガーが焼けた。それは、すずがおススメしたので買ってきたスパイスをパティに加えたおかげだった。彼女は、自分のことは思い出せないわりに、そういうことは覚えている。

「旨《うま》いわ、これ」

「でしょー？　湊くん、ハンバーガー作るの上手だし、そのスパイス合うと思ったんだよね！　教えて良かった」

「サンキュ」

「おっ！」

「なんだよ？　おっ、ってのは」

「初めてお礼言われちゃった。どういたしまして！」

満面の笑みでそう言われると、どうも居心地が悪い。とはいえ、このハンバーガーが旨いのは事実だ。

「へえへえ。お前も……」

食うか？　湊は、そんな言葉を呑み込んだ。それが出来ないのはわかりきっている。そして、湊はそれを残念に思っている自分に気が付いた。

そんな自分の気持ちが、不思議だった。

サーフショップでのバイト中も、スマホはポケットに入っている。ただ、時給が発生する仕事中ということもあって、湊はすずとは極力話さなかった。すずのほうも、それにあわせた。

早朝に出勤して、掃除やサーフレッスンの予約メールのチェックを行う。修理の持ち込みに対応し、サーフギアの販売のためにレジに立つ。サーフショップの屋上はビアガーデンになっているので、夜にバイトに入るときはウェイターを務める。

湊が忙しく働いている間は、すずは電子書籍で小説を読んでいることが多かった。なんでもここ湘南出身の作家が最近のお気に入りらしい。

なお、すずが現れてから、湊のスマホ内にある電子書籍の冊数は増えている。すずはどこか遠くに出かけられるわけでもないし話し相手は基本的に湊だけなので、退屈するかもしれない。そう思った湊がすずのために電子書籍をいくつか購入していたわけだが、すず本人にはそう伝えてはいない。

ちょっとした丘の上にあるトレーラーハウス、海を臨む大学、ビーチに直結しているサーフショップ。生活圏内のどこでも海の青が視界に入り、潮騒《しおさい》が聞こえる湊の毎日には、気が付けば騒がしい女の子の声と、彼女が映る小さくも華やかな画面が加わっていた。

ある日、いつものように早朝に出勤した湊は、店の窓ガラスにポスターを張っていた。ビッグDから頼まれたそれは、毎年春に湘南で行われるプロアマ混合のサーフィンの大会の告知だ。

すずは張り終えたポスターを見て、不思議そうに尋ねた。

「湊くんは、サーフィンしないの？」

細い顎に白い指先を当てている彼女。その疑問は自然なことだろう。湊は湘南の海沿いに住んでいて、部屋には折れた黒いボードと、折れていない白いボードが転がっている。サーフショップで働いていて、初心者サーファーの客にはおススメのサーフギアなんかを売りつける。そんな自分が、少しも海に入っていない。

すずから見れば、一度も。湊自身の記憶では、もう一年以上。

湊は、店の窓ガラスごしに海を見て、それから答えた。

「ああ、俺は、サーフィンはやらない」

「……そう、なんだ」

ふいに、すずの声に驚きと、哀《かな》しさの色が混ざった気がした。彼女にしては、かなりめずらしいことだ。

「どうかしたのか？」

「え？　えっと、私はどうもしないけど……」

今は店のパソコンに移っているすずが、大きな目でじっと湊をみた。まるで、泣いている子どもを相手にしているような、そんな表情だ。

「じゃあ、なんだよ」

「うん。湊くんてさ、あんまり笑わない方だし、ぶっちょーづらな人だけど……それとは別に、時々、こう、この辺がこーなってる時あるんだよね」

すずはそう言って、自身の眉間を指で押して見せた。彼女がしているとユーモラスで可愛くも見えるその表情だが、きっと、湊のものとは違うのだろう。

「悪口か」

「違うよ。なんか、哀しそうっていうか……」

湊には、すずが言わんとしてることが分からなかった。会話として、成り立っていないように思える。

疑問を感じる湊をよそに、すずはパソコン画面の右側に隠れるように移動し、それから顔だけをひょっこり覗かせて、心配そうに続けた。

「今も、そんな顔してた。ううん、いつもより、ずっと、辛《つら》そうに見えた」

ドアに隠れるようにして、囁くように告げられた言葉。それは、湊の腹の奥に弱い痛みを感じさせた。それは、瘡蓋《かさぶた》を引《ひ》っ掻《か》かれたような、疼き。

すずは、いつも能天気で明るいくせに妙なところで鋭い。そしてそんな彼女が湊を慮ってくれていることはわかる。

それが情けないし、申し訳ない。カッコ悪いとも思う。だけど、湊は、すずに何も答えることが出来なかった。

※※

発作の頻度が、上がってきているみたいだった。私の心臓は、時間とともにどんどん壊れていっている。

お医者さんが言うには、私の抱える病気の発作には『軽いもの』と『深刻なもの』があって、『深刻なもの』のときは本当に命に関わるらしい。だから、これまで私が経験してきた発作は『軽いもの』ということになる。適切な処置をして、安静にしていれば回復するもの、という意味だということはわかる。だけど、当人にしてみれば、とても『軽いもの』なんて思えない。

普通に生活をしていたら、突然胸が苦しくなって、息が出来なくなる。視界がまっくらになり、涙や鼻水や涎《よだれ》がダラダラと出てきて、立っていても横になっていても、存在しているだけで、つらい。

痛くて、苦しい。ひゅーひゅーと息を荒げても、酸素が入ってこない。

うずくまる私の背中をさすってくれる家族の、哀しそうな目も、つらい。ごめんね、私がこんなで、ごめんね、そう伝えたいけど、きっと余計に悲しませてしまう。

そのうち意識を失って、昏睡《こんすい》状態のまま数日を過ごす。目覚めたときには体中が重くて、しかも昏睡していた時の記憶すらない。まるで、人生の一部がスキップされたみたいに。

先月の発作のあと、意識を取り戻した私は、すっかり細くなった手首をみて、泣いた。止まらなかった。

いやだよ、こんなのいやだよ、誰か助けてよ、どうして。そんなことを呻《うめ》きながら。

普通に大学に行って、普通に友達と遊んで、イヤだなぁなんて思いながらも勉強をして、誰かを好きになって……そんな当たり前が、私にはない。いつくるかわからない『軽い発作』のせいで、自由になる時間がとてもすくない私は、他のみんなと同じように生きることができない。

そして、いつか『重い発作』が起きてしまったのなら、私の時間はそこで終わりになる。

何度か経験した発作よりもずっと苦しい思いをして、死んでしまう。そして友達も家族も悲しませてしまう。怖い。想像するだけで怖い。なのに、それはこのまま行けば確実に訪れる終わりだ。

私には、あんまり時間がない。時間制限を取っ払うための方法、つまり手術についでは聞いたけど、必ず成功するわけじゃない。もし失敗したら、やっぱり終わりだ。それを考えると、踏み切ることができない。

自分でも情けないと思うけど、手術のことを考えると足が震えてきちゃう。そんなときはカメラを持って出かけて、気がついたらこのビーチに来ていたりする。もちろん、体調がよくて外出が許可されたわずかな時間だけのことだ。

海を撮影することに夢中になれるから、ということもあるけど、理由はもう一つある。

「あ……あの人……」

ビーチの端っこの木陰でカメラの手入れをしていた私は、遠くの方にいつものあの人がやってきたのに気が付いた。白いサーフボードの男の人だ。

彼は、今日も入念な準備運動をして、最後に右手をスナップを効かせて振り、海に入っていく。ああして右手を振るのは多分クセとかなんだろう。

それから、何度も何度も波に挑む。失敗して、落ちて、波に呑まれて、ときおり仰向けて海に浮かんで、また挑む。

そんなことを、今日も繰り返していた。

最初彼を見たときはサーフィン自体をみたのが初めてだったから、単純にすごいなぁ、って思ったけど、今はちょっと違う。あの人、もしかしてスゴイ不器用なんじゃないかなって気がしてきた。

何回も何回も同じ技、技って言っていいのかわからないけどとにかく同じ乗り方。ターンとか、そういうのをやろうとして、失敗ばっかりしている。その都度、頭を捻り、ときおりビーチに上がってはスマホを確認して、多分自分を映した動画をみて、またやりなおしている。なかなか成功しないことばかり。

それでも彼は諦めず海にやってくる。きっと、毎日。私は、そんな彼から目を離せなくなった。できないかもしれないことを夢中で行うひたむきさが眩しくて、臆病な自分が励まされているような気がした。勝手な話だけど私が内心で思ってるだけだから許してほしい。

「そんなに難しいのかな？」

私は、座ったままの姿勢でなんとなく彼の真似をしてみた。右足をボードの前の方において、で、手はこうして……。うーん。わからない。当たり前か。しょうがない。

彼はいつもキリリとしまった顔、といえばカッコイイ感じだけど、悪く言えばムスっとした表情でずっと練習してる。

　まるで修行してるみたいだ。あの人、あんなんでサーフィンしてて楽しいのかな？　サーフィンってもっとこう、うぇーい！　って感じじゃないのかな。なんて思ったりしたこともあった。

　でも、気が付いたことがある。

「あ」

　今日何回目か分からないトライで、彼はついに派手なターンを成功させた。これまでにも何度か遭遇したその瞬間、ボードを挟んで波の上に立った彼は、小さく、本当に小さく拳を握ってみせる。そんなとき、視力2・0の私がよーく見ると、ほんちょっとだけ彼が笑うのがわかる。嚙《か》み締《し》めるような、とても嬉しそうな小さな笑顔。

　ああ、この人は本当にサーフィンが好きなんだな、ってわかった。その一瞬のために、ずっと頑張ってるんだな、って。だから、ちょっとずつ、ホントにちょっとずつ上手になっていけるんだな、って。

　それに気が付いた時、私はきっとときめいたんだと思う。いつも私を苛《いじ》めてばかりの心臓が、躍るように高鳴った。

　でも、だからってどうしようもない。これが恋というのものかどうかはわからないけど、彼は私のことなんてなにも知らないのだ。話しかけて仲良くなるなんて、無理だ。

そんな勇気が私にあるわけもない。それに、こんないつ倒れるかも、いつ死ぬかもわからない女の子に恋をされても、きっと迷惑だ。

自分で言ってて情けないし、ホントはも少し大胆、というか素直になりたいとも思うけど。

あと、波に乗っている彼を被写体に写真を撮りたい。だけど、無断でそんなことできないし、許可をとるために話しかけるのもできそうにない。

そんなわけで、私はよく海に来ていた。そうこうしているうちに、サーフィンにちょっと興味が出てきたのは自然な流れだと思う。

なので私は、近くにあるサーフショップに行ってみた。何か買うわけじゃないけど、サーフィンの文化とかそういうものに触れたくなったのだ。写真の参考にもなるし！

ＦＩＶＥ　ＨＥＡＤという名前のそのお店は、開放感があってオシャレで、並んでいるボードや、何に使うかわからない道具もピカピカで綺麗で驚いた。けど、それ以上に驚いたのが。

「いらっしゃいませ」

「え⁉」

とても驚いた。想像していたより低い声だった。これは誓って言うけど、調べたわけじゃない。ただの偶然だ。

そういうわけで、変な声が出てしまった。そう、あの白いボードのむっつりサーファーくんがいたのである。どうやらアルバイトをしているらしい。彼は、レジで他のお客さんの接客中だった。

冷静に考えれば、チャンスであるはずだった。そうなのだ。しかし、突然の幸運にテンパった私は、あわあわ言うことしかできず、彼に気づかれる前に、逃げるように店を出た。逃げるように店を出た。

やってしまった。完全に変な人だと思われたに違いない。

おうちに帰った私は、しょんぼりしていた。そりゃもうションボリしていた。

とはいえ、このままではいけない気がした。せっかくの偶然なんだし、もう一度お店に行って、ちょっとくらい話せたらいいな、と思う。いや頑張って話そう。それくらいできる人になりたい。

深呼吸をして、無理やり前向きになった私は、ネットで例のサーフショップＦＩＶＥ ＨＥＡＤを検索してみた。考えてみれば、どんなものが売っているのかもわからない。

私にサーフィンなんてできるはずもないけど、こう、キーホルダーとかそういうのがあったら買おうと思ったのだ。

店のサイトに飛ぶと、販売しているサーフィン関連の道具（サーフギアと言うらしい）より先に、予想外なものが目に飛び込んだ。スタッフ紹介、である。

「これは……！」

私は迷った。彼も掲載されている可能性が高い。とはいえ、これを調べて一人ニヤニヤするのは、あまりにもアレではないだろうか。キモいのではないだろうか。だいたい、彼のことは、ちょっと気になってはいるし、正直カッコいいと思ってるけど、そんなに真剣に好き！　といえるような話ではないのだ。

うーん……

「えい」

悩んだ末、私はぽちっとスマホをタップした。やむなし。

「え」

びっくりした。スタッフ紹介には例の彼がたしかに載っていたんだけど、そのプロフィールが予想外だったのだ。

ルーキー・オブ・ザ・イヤー、ワールドツアー転戦、スポンサー。そんな言葉が並んでいる。彼は、プロサーファーだったらしい。なんと、二年前の全日本選手権の決勝まで出場している。エアリアルという技が得意なんだそうだ。

「うっそー」

にわかには信じられなかったので、名前で検索してみた。なんとウィキペディアにも写真付きで載っている。衝撃。彼はガチのマジでプロサーファーだったらしい。道理でアスリートっぽい感じなわけだ。カンケーないけど、女性ファンも多いのだそうだ。

もっと色々調べることは出来たけど、それは一応やめておいた。なんかフェアじゃない気がしたし、だいたい一方的に知っている相手をネットで調べるなんてちょっとキモいかもしれないし。今後もそういうことはやめとこう、うん。

「サーフィンって、難しいんだなー……」

私は、彼の練習風景を思い出して、そんなことを呟いた。

それはさておき、私は偶然にして彼の名前を知ることとなった。

「結城　湊くん、かぁ」

ポツリ、そう口にしてみる。爆弾でもあるはずの私の体の一部が、ほんわりと温みを持った。

いつも発作に怯《おび》えて、いつかくる終わりから目をそらしている私。どんどん細くなっていく体と、つらいことばかりの毎日。でもきっと、これは恋だった。

未来なんかなくても。私は、私だけは私の恋に喜びたかった。だからせめて、心の中だけは元気でいよう、元気に、普通の女の子のように彼のことを想《おも》おう、爆弾なんて抱えていない、私として。

そんなことを、思った。

ただの強がりで、それは痛々しくて滑稽かもしれないけど、それでも。

※※

スマホがよく喋るようになってから一か月が過ぎた。すると、この日がやってくる。

「ねーねー、湊くん、今日はバイト休みなの？」

トレーラーハウスの外にあるミニテーブルに置いてあるスマホ、すずが尋ねた。

湊は、バーベーキューグリルでソーセージを焼きつつ、答える。

「……おお。今日は別に用事が」

朝食にホットドッグを食べた後の本日の予定は、バイトではなかった。

定期健診というからには定期的に行かなければならない。それは湊にもわかっているが、そうなると必然的にすずを連れていくことになる。置いていけば、それはそれで色々聞かれてしまうだろうし、心配させてしまうかもしれない。

湊は、すずのそういう顔をあまり見たくないと思っている自分に気が付いた。

そもそも、別に隠すようなことではないはずだ。湊は自分にそう言い聞かせた。

「病院に行くんだよ」

「えっ、病院？　湊くん、どっか悪いの？　だ、大丈夫⁉　あ、家庭の医学インストールする⁉」

狭い画面のなかを右往左往するすず。ナースのコスプレをする心の余裕は今日はないらしい。

「いや……。あー、説明するのも二度手間だから、医者と俺の話聞いとけ。別に、たいしたことじゃねーから」

そんなやりとりをしたのが、三時間ほど前。湊は現在、この一年でめっきり慣れてしまった診察室で、医師の説明を受けていた。

「経過はとくに問題ないようだね。さすが鍛えてる体だ」

初老の医師は、スポーツドクターとして有名な人であり、ここ一年、湊がすっかり世話になった相手だ。

「そうすか。まあ、大したことしてないですし、悪くなりようもないですけど」

湊は、努めて冷静に答えた。経過が問題ないというのが完治した、元の状態に戻った、という意味ではないことくらい承知している。

「これなら、今後の定期健診も必要ないだろう。今日まで、お疲れ様」

清潔な、そして湊には無機質に感じられてしまう診察室で告げられた言葉は、嬉しいもののはずだった。だが、湊の心は冷えていた。

ポケットのなかで聞いているすずにも、どういう言葉を聞かせたらいいのか、わからない。だから、上手く相槌《あいづち》を打つことができない。

「……やっぱり、あれから、サーフィンはしてないの？」

医師の瞳は穏やかで、優しかった。そして湊にはわかるが、その奥には同情の色がある。

「はい」

湊はただ、事実のみを答える。そう努めなければ、自分の感情がどうなってしまうのかわからなかった。

「そう。まだ不安かい？」

医師は、誤解していた。湊がこれまで伝えていないのだから当然なのだが、湊が海に入らないのは、医師が考えているようなことが理由ではない。

「繰り返しになるけど、君の右膝は、趣味程度のサーフィンができるくらいには回復しているんだよ。だから気楽に……」

湊は首を横に振った。本当は、あまり口にしたくはないことだが、今は言おうと思っている。それは、この医師がこれまで親身になってくれた恩義を感じているからだ。

「俺は、趣味で、気楽にサーフィンをする気はありません。だから、二度とサーフボードに乗ることはないと思います」

それが、湊の決めたことだった。そのはずなのに、口に出すと、声が震えてしまう。

何故か、デニムの右ポケットにいれているスマホが、同時に震えた気がした。

今日までのことが自身の脳裏をよぎっていくのが、湊にはわかった。

十九歳だったあの冬。波の頂点から跳躍してターンを決めるエアリアルを練習していたあのとき、湊は失敗した。思えば、様々な要因が重なった結果であったと思う。湊が乗っていた波にマナー違反のサーファーが強引に割り込んできたこと。エアーで跳び出した瞬間に季節外れの突風が吹いたこと。波のパワーゾーンの見極めが甘かったこと。

いずれにせよ、エアリアルをチャレンジして空中へ跳び出した湊は、波のフェイス部分へのランディングを乱した。

大きくブレイクする波に飲みこまれ、海面に叩きつけられ。愛用の黒いサーフボードは中心から真っ二つに割れた。ボードが受け止められなかった圧力は、湊を襲った。今でも鮮明に覚えている。ぶちり、という不快な音。恐ろしかったのは、それが自らの肉体から聞こえたものであったということだ。

湊の右膝は深刻な怪我《けが》を負った。

骨と筋肉と靭帯《じんたい》。広い範囲に、深く刻まれたダメージ。

激痛があった。しかし、地力で岸まで戻れたこともあって、当初の湊は楽観的だった。サーファーにとって、膝の怪我などよくあることだ、そう思っていた。

最初に不安を覚えたのは、この病院に運び込まれた翌日。医師、そして当時のコーチは、まるで壊れ物でも扱うように、いや、壊れてしまったものに対するように、奇妙なほどに優しく。湊は、それは哀れみという感情なのだと気が付いた。

様々な検査を受けた湊がコーチから伝えられたことは、湊にははじめは理解できないものだった。否、理解を心が拒んでいたのだと思う。冗談を言っている、そう考えながらも、冷たい汗が止まらず、歯がカチカチとなったのを覚えている。

右膝は、もう元のようには戻らない。

ゆっくりと、ナイフの切っ先が少しずつ肉に突き刺さるようにして理解した事実。

様々な説明を受けた。セカンドオピニオンを求めて、同じ話を聞かされた。医学的な、あるいはサーフィンにおける専門的な説明の先にある同じ結論。

リハビリをこなせば、日常生活をこなせるほどには回復する。趣味程度のサーフィンを行うことも可能だろう。だが、怪我の前ほどのパフォーマンスを出すことは不可能。

そして、これまでのようにプロレベルの攻めるサーフィンを行えば、いつか必ず右膝をもう一度壊す。そして、そうなれば今度こそ終わりだ。

湊は、サーフィンを行う際には、左足をボードの前、右足をボードの後ろに置く『レギュラー』のスタンスを取ってきた。そして、激しいターンやエアリアルのトリックを決める際に湊のサーフィンで重要なのは後ろ足、つまり右足だ。波を踏みしめ、ボードを操る要となる右足の能力が落ちるというのは、サーファーとして致命的だ。

　現代におけるプロサーフィンで結果を出すには、難易度が高い波から空へ飛ぶエアリアルが決まることが重要となる。そして湊はエアリアルを得意技としていた。プロのなかでも高度なエアリアルを決めることが出来たからこそルーキー時代に結果を残すことが出来ていたのだ。

　しかし、もう違う。高く跳ぶとき、着水するとき、右膝には大きく負担がかかるが、脆《もろ》くなってしまった湊の右膝ではこれに耐え続けることはできない。

　これは、プロとしての湊への死刑宣告に等しかった。

また、そうしたプロとしての評価とは別にしても、単純に『もう跳べない』という事実は湊を絶望させた。エアリアルはサーフィンにおいて最も好きな瞬間だったから。重力から解放され、海と空の間を舞うあの瞬間が、本当に大切なものだったから。

　悩んだ。これほどまでに自分が悩むことがあるとは思わなかったほどに、悩んだ。

　そして湊は決めた。サーフボードからおりることを。

自分に言い聞かせた。必死に言い聞かせた。

十分やった。子どもの頃、名前も知らないサーファーが波の上からエアリアルを跳ぶ瞬間を偶然目にして憧れた、あの日から。

　十分にやってきた。ずっと海に通いつめ、一つずつ様々な技を習得して、毎日のように波に挑み、波と遊び。同級生が彼女を作ったりするなか、一人で練習を続けた。でもそれが楽しかった。少しずつ強くなっていく自分が、海と一体になるようなあの感覚が、好きだった。

あの日憧れたエアリアルもできるようになって、十八歳でプロになり、日本選手権でもいい線まで行った。後悔はない。

思えば、一生プロとして食っていくことなど、簡単なことではない。だから、ここらへんで辞めて、普通に大学を卒業して普通に就職して、普通に生きるほうが賢い。それが大人になるということだ
考えてみれば、野球に打ち込んで甲子園《こうしえん》に出場した球児だって、大半は高校卒業とともに引退だ。それを考えれば、大学生の自分では遅すぎるくらいだ。むしろ怪我はいいきっかけだった。

そんなことを、ひたすらに考えた。もし原稿用紙に書けば、何十枚にもなるであろうサーフィンを辞める理由を、並べ立て続けた。

そうでもしなければ、たった一行で書ける自分の気持ちを殺すことが出来なかった。

サーフィンが大好きだ。ただ、それだけの思いを。

湊の決断を、医師は尊重した。それからは、何も考えずにリハビリをこなす日々。

今では、ごく普通に生活しているし、大学にもバイトにもなにも支障はない。事故直後に感じていた引き裂かれるような絶望も、ない。

ただ、毎日が過ぎていくだけ。安定して、落ちついた生活。あれから一度も海には入っていない。普通の大学生として、ゆるく、楽しく生きている。

それは、悪いことじゃないはずだ。

湊は、目の前の医師が自身に心配そうな視線を向けていることに気が付いた。ゆっくりと、深呼吸をする。

思い出すな。

それが、正しい。それが、大人だ。

「先生、俺は大丈夫ですよ。今日まで、お世話になりました」

湊はそう言って、笑ってみせた。膝に置いた拳を、硬く強く、握りながら。

※※

病院からの帰り道。海岸沿いの道を行く湊に、ずっと黙っていたすずが口を開いた。

「湊くん。えっと、ちょっと、コーヒーとか飲まない?」

イヤフォンから聞こえる声には、いつもの元気がない。あんな話を聞いたせいだろうか。

湊は、あえて明るく、からかうような口調で答えた。

「いや、お前コーヒー飲めないだろ。濡《ぬ》れたらスマホが故障するわ」

「違くて！　……お話、したい」

スマホをポケットから出してみる。すずは、ワンピースの裾のあたりをきゅっと摘んでいた。それに、今にも泣きだしそうな顔をしている。

俺なんかのくだらない話で、お前みたいないいヤツが哀しい気持ちになることはない。

俺は別になんともないんだ。平気だ。それを伝えたくて、湊はいつものように雑に答えた。

「缶コーヒーでいいか？」

「ん。あそこ。座ろー」

すずが指したのは、道路と海を隔てる堤防だ。そこからは、沈み始めた夕日が見える。だからあまり気は進まなかったが、拒否することも気が進まなかった。

無糖の缶コーヒーを買った湊は、道路の側に足をぶらつかせて堤防に座った。こうすれば、海が視界に入らない。ついでに、落ちていた石ころを組み合わせ、スマホを堤防の上に立てかける。

しばらく、どうでもいいような話をした。ティッシュのストックが切れていたからすずがAmazonで注文したという報告や、今度二人で見る映画の候補、そんなことだ。

やがて、すずは俯きながらポツリと口にした。

「……私ね、さっき思い出したことがある」

「は？　え、マジで？」

予想外の言葉に、湊はスマホを覗き込んだ。スマホに宿る前のすずがどういう存在だったのか、ずっと気にはなっていて、しかし知りようもなかったことだ。

「うん。風景だけ、って感じだけど。私は、普通に体のある、普通の女の子だったよ。ビーチに座ってて、写真を撮ってた。それから」

すずは実体のある女の子だった、という告白には、頷けるものがある。湊はおう、とだけ答えて、続きを待った。

俯いていたすずは顔を上げ、湊の目を見つめてくる。

「……湊くんを、みてた。湊くんは、サーフィンの練習をしてた。何回も何回も失敗して、でもまた挑戦して、たまに成功して、笑ってるの」

すずの口調はは、まるで大切な宝物について話しているかのようだった。

「それは……」

さっき病院での話を聞いたから、そう錯覚しているのではないのか。湊は一瞬そう思った。しかし。

「柔軟体操をしっかりやって、海に入る前には手首を、こう振って……。上手く波に乗れた時は、小さく拳を握ってた。あんなにコッソリなガッツポーズ、珍しいよ」

目を閉じて、噛み締めるように話すすず。彼女の話す湊の姿は、たしかに湊が海に入るときのルーティンや癖で、それはすずが知るはずもないことだ。その事実が、彼女が話していることが真実の記憶であると教えてくれる。

湊は、すずの過去に自分の姿があったことに驚き、言葉を失った。

だから、すずは俺のスマホに現れたのか。だから、すずはいきなり俺に告白めいたことをしてきたのか。俺についての情報は名前だけしか覚えていなくても、好意という感情だけは残っていたということだろうか。

様々な思いが駆け巡り、混乱してしまう。

俺がサーフィンをやっているということは、今から一年以上は前のはずだ。十九歳の俺を、すずが見ていたことになる。

湊自身にはまったく覚えがないことだが、それも仕方がないことかもしれない。サーフィンをしていれば、ビーチにいる人から視線を向けられることはそれほど珍しいことではないからだ。当時の自分が気が付かないのは、あり得る話だ。

ただ、そうなると疑問が現れる。一年前、自分を見つめていた女の子がすずなのだとしたら、今スマホの中にいるすずの存在はどう説明すればいいのか？　実際のところ、すずが思い出した記憶は、事態の謎を突き止める手掛かりにはなりえないだろう。

困惑する湊に、すずはふにゃっと力なく笑って見せた。

「思い出せたのは、それだけ」

「なんでやっと思い出せたのがそんなくだらないことなんだよ……」

「そんなこと、なんかじゃないし！」

湊の物言いに、すずは少しだけ怒ったように声をあげた。きっ、と見つめてくる瞳は少しだけ濡れていて、彼女が本気なのがわかる。

「大切な思い出だもん。今まで忘れちゃってたのが悔しいよ。湊くんが、白いボードに乗って、ぐわーっ！　てやってて、すごい楽しそうで！　それを見るのが大好きだったんだよ」

今にもスマホから飛び出してきそうで、しかしけっして飛び出せはしないすずが大きな身振り手振りを交えて伝えてくる思いには、真剣さがあった。それくらい、いくら朴念仁の湊にもでもわかる。だが一方で、適当なこと言いやがって、という思いもあった。

「だから！」

すずは、そこで言葉を止めて、囁くような声で続けた。

「今日、病院での話も聞いて、湊くんがときどき辛そうにしてる理由が、わかった」

胸を押さえ、せつなげに話すすず。だが、湊には彼女の言っていることがわからない。

「辛そうになんか、してねぇよ」

「してるよ！」

「してねぇ！」

もしすぐそばを誰かが通りかかっていたとしたら、湊はスマホ相手に白熱の会話をするおかしな男にみえたかもしれない。だが、それでも止められなかった。

大声を上げた二人の間にしばしの沈黙が降り、波の音だけが響く。

数秒か、数分か。先に沈黙を破ったのはすずだった。

「海をみているとき、辛そうにしてる」

すずが絞り出すように発した言葉に、湊はたじろぐことしかできなかった
気が付いていたから。気がついていながら、目をそらしていたことだから。

「そ、れは……」

海を見るのが、辛かった。輝いている思い出、無くしてしまった可能性、そうしたことに心が向いてしまうから。だから、こんな街に住んで、あんな店で働いているくせに、なるべく海から目をそらしてきた。離れることは出来なくて、でも向き合うこともできなくて。

「ああ、そうかもしれねぇな。けど、それがどうしたんだよ？」

湊は、努めて冷静に尋ねた。たしかに、すずの言うことは正しい。だが、それは無理のないことだし、そしてどうしようもない現実だ。

「湊くんは、どうしてまたサーフィンをやらないの？」

すずは、いつも真っすぐに湊の目を見つめてくる。ときにこそばゆくて、ときに温かくて、そして時には痛い瞳が、湊の心をかき乱した。

「……そういうことを聞くのは、趣味程度のサーフィンなら問題ない。って、先生が言ってたからか？」

こくりと頷くすず。湊は、真剣な彼女の顔つきをみて、深く息を吐いた。

医師にも伝えていない内心を話す気になったのは何故か、湊にもわからない。

すずが相手だから。そんな理由にもなっていない理由しか、思いつかない。

「……俺は、多分、もう一度海に入ったら、壊れるまで続けちまうからだよ」

一度話し出すと、止まらなかった。グラスに亀裂が入り、水がこぼれていくように、湊は、自身の奥に隠していたことをすずに伝えていく。

たとえ趣味程度でも、遊びでも、それでもいいからもう一度波に乗りたい気持ちはある。当然だ。しかしそうしてしまえばきっと、俺は止まれなくなる。

あの波に乗りたい、あの技をメイクしたい、うねる海面によってできるトンネルの中をすり抜けていきたい、激しい飛沫をあげて鋭くターンがしたい、あの蒼と翠と白の世界で、自由自在に、もっと速く、もっと高く、もっと強く。

そして、誰よりも高く跳びたい。子どものころ憧れた、あの見知らぬ背中のように。

そう思ってしまう。手を抜くことなんて出来ない。中途半端に止まれない。それは、海とサーフィンが本当に好きだから。完治しない右膝のままで、進んで、進んで、前のめりに倒れて、終わりだ。

そしてそのときは、もっと深刻な傷を負うことになる。そうなれば、俺は海を嫌いになってしまうかもしれない。サーフィンと出会ったことを後悔してしまうかもしれない。

ひたむきに波に乗り続けた日々は間違ってなかったと思いたいから。

せめて大切な思い出にしたいから。

本当は海が恋しくてたまらないけど、恋しくてたまらないから。

「……だから、俺は、結城湊は、もう二度とサーフボードには立たないと決めた」

あまり自分のことを話すのが得意ではない湊だから、一言一言を必死に絞り出した。途中で涙が出そうになって、それをこらえながら。

きっと、整理できていないことも多くて、支離滅裂なところもあって、感情的になりすぎたところもあったはずだ。でも、すずはただ真剣に最後まで聞いてくれた。相槌を挟まなくても、ちゃんと聞いているよ、大丈夫だよ、と言われている気がした。

「話してくれて、ありがと」

「別にたいしたことじゃねぇだろ。要は、俺がアホだってことだ」

湊はそう自嘲し、話は終わりだとばかりにスマホをポケットにしまおうとした。しかし、すずがそれを制する。

「待って」

「ん？」

積んだ小石に立てかけていたスマホを手にした関係上、すずと湊の視線の高さが合った。至近距離から、見つめあうような形となる。すずは湊に触れようとするように手を伸ばし、しかし画面の壁に触れたのか、その手を戻し、胸にあてた。

「湊くんは、ホントにそれでいいの？」

迷うように、しかし真摯に伝えられた言葉。湊は苦笑してしまう。本当にお節介なヤツだ、と思う。

「いいもなにも、他にどうしようもねぇだろ」

「でも、そんなの哀しすぎるよ……！　なんとかならないのかな。だって、あんな顔するくらい、サーフィンが好きなのに」

あんな顔、というのがどんな顔なのか、湊にはわからない。きっとそれは、世界ですずだけが知っている表情なのだろう。湊は努めて感情を隠そうとしていたから、すずはそんな湊を一番そばで、まっすぐに見つめていたから。

「うー……なにか方法ないのかな。なんかこー！　なんかこう……！」

じっとしていられないのか、スマホのなかでバタバタと手足を動かすすずは、次々に提案してきた。それが無駄なことばかりだとしても、その必死さが湊の胸を疼かせる。

「外国のすごいお医者さんなら治せるとか！」

「無理。調べた」

「超技術のサーフボード使えば膝に負担がかからないとか！」

「そんなもんあったらもう買ってるわ」

「右膝に負担がかかるなら、足を逆にしてのってみるとか！」

湊は、画面にアップになって喋っているすずにデコピンをいれた。つまりはスマホに。

「スタンスを逆にするってのは、素人が思ってるほど簡単じゃねぇんだよ」

「どゆこと？」

律儀に額を押さえて痛がるふりをしつつ尋ね返すすず。納得してもらうべく、湊は解説した。

「そりゃ逆足で乗れば右膝の負担は減るさ。サーフィンは基本的には後ろ足でボードをコントロールするものだからな。今まで後ろに置いていた右足を前に置くようにすれば、怪我の影響はなくせるかもしれない。エアだって跳べるかもしれない。けど……」

サーフィンにおいては、利き足をボードのテール側に置くのが一般的だ。左足が前、右足が後ろのスタンスをレギュラーといい、逆の場合はグーフィーと言う。サーファーは通常はどちらかのスタンスをメインとする。湊のスタンスはレギュラーだ。

もちろん、プロアスリートレベルのサーファーであれば、本来の自分のスタンスを逆にしてもそれなりに波を乗りこなすことはできるが、やはり利き足を後ろにおかなければ、ターンやエアーなどのボードコントロール精度やパワーが落ちてしまうため大会などでスタンスを逆にすることはほとんどない。

さらに、湊はサーファーとしてそれほど器用なタイプではないという自覚がある。事故の前にはルーキーとしてそれなりに注目されたプロだったが、それは才能によるものではなく、幼い時からひたすら練習して一つずつテクニックを身に着けた結果にすぎない。同じことを覚えるにしても人より何倍も時間がかかるタイプだった。

そんな自分が逆足となるグーフィーのスタンスを取れば、お世辞にもプロとは言えない低いレベルのライディングしかできないだろう。それは結局、湊の求めるサーフィンなどできないということだ。

湊はこうしたことをすずに話し、肩をすくめた。しかし、何故かすずの瞳は湊の話を聞くほどに輝いていき、ついには。

「それだ！」

と、人差し指で湊をさした。妙に力強く、びしぃっ！　という音が聞こえてきそうである。

「どれだよ」

「だから！　湊くんはレギュラーっていうスタンスなんでしょ。グーフィーにすればいいじゃん！　右膝にも負担がかからないし、全力でできるよ！」

「お前、話聞いてた？」

「聴いてた！」

すずはエッヘンとばかりに胸を張るが、とてもそうは思えない。湊にとってスタンスを逆にするということは、プロ野球の右腕投手が左で投げるようなものだ。それがペナントレースで通用するわけがない。正直に言えば、考えたことすらなかった。

「だから無理だって」

「なんで？　出来るよ。今からイッパイ練習すればいいじゃん。元のスタンスと同じくらいに、上手くなればいいじゃん！」

小さな両手で拳を作り、檄をとばすすずに、湊は溜息をついた。

「素人はこれだから……」

「だって、可能性はあるんでしょ⁉」

「そりゃ……」

湊は言葉を濁した。あるかないかで言えば、それはある。ゼロではないという意味で。しかしとても現実的な話とは思えない。ゼロではないということなら、今この瞬間隕石《いんせき》が直撃して死ぬ可能性だってゼロじゃないし、宝くじで八億円があたることだってゼロではない。

スタンスを変えるということは、これまで築いてきた技術をすべて手放し、また一から積み上げていくということだ。仮にそれが出来たとしても、元の水準に戻れる保証はないし、そのころに自分がいくつになっているのかわからない。

そんなことが、通用するわけがない。そんなに甘いはずがない。

「やろうよ！　私もサポートするよ！　こう、二人三脚的に！　きっと出来る！　湊くんならできる！」

「あーはいはい」

「本気だもん」

「だからさぁ……」

湊は額に手をやった。これは、困ったときの癖だという自覚があるが、ついやってしまう。しかしすずはそんな湊にかまわず、がんがんにまくし立てる。

「あ！　さてはアレだ。やっても上手くいかないのが怖いんだ！」

「女の子にも人気の期待のプロルーキーだった俺様が、下手くそからやりなおすのがイヤなんだ！」

「あんなにシリアスに悩んでるなら、やってみたらいいんだよ！　もしダメでも別にいいじゃん！」

湊は、速射砲のようにうちだされるすずの能天気で無邪気に提案に言い返すことができなかった。反論自体は思いつくのだが、言葉にできない。

心のなかの柔らかい部分をつつかれるような感覚。その正体が湊自身にもわからず、苛立《いらだ》ちがおきる。

「このままサーフィン辞めちゃったら絶対後悔するよ」

「うるせぇな！　サーフィンのことなにもわからねぇだろお前は！」

湊は苛立ちまかせにスマホの音量をミュートにし、なにか喚いているすずを無視してポケットに突っ込んだ。

「なんなんだよマジで……」

腰かけていた堤防から降り、一気に飲み干した温《ぬる》い缶コーヒーをごみ箱に放り投げる。そしてそのまま湊は歩き出した。妙にむしゃくしゃした気分だ。

信号機に差し掛かり、足を止める。すると同じく横に停車したオープンカーのステレオが叫んだ。

「やってみもしないで諦めたらダメなんだぜ！　最後まで頑張るのがカッコイイと思う！」

それはすずの声だった。そういえばすずは湊のスマホの近くにあるデバイスには移動することができたことを思い出す。ブルートゥース越しにカーステレオをジャックしてまで、大声だ。

車のドライバーがぎょっとしていることも構わず、すずは湊に声をかけつづける。

信号が青になったので、湊は走り出した。海岸沿いの道を、ひたすらに駆けていく。

その途中でも、すれ違う他人のスマホや店先の設置された宣伝用のディスプレイから、次々にすずの声がする。

「出来るよ！」

「諦めたらそこで試合終了ですよ？　ほっほ」

「ずっと体を鍛えてたのは、諦められなかったからじゃないの？」

「一生、海を見るたびに辛い顔をするのかねキミは！」

「やるって言うまで、これ続けるもん！」

「このヘタレ！　ビビり！　あとえーと……昭和！」

「やらない後悔より、やった後悔ってヤツやで！　いやこれホンマに！」

手を替え品を替え、漫画のバスケ部監督や大阪の芸人など、色々なコスプレなどに変身しつつ、すずは懸命に湊を説得しようとしていた。どうしてここまでするのか、わからない。

うるせぇ、うるせぇ、うるせぇんだよ。

まるで、シェイカーに入れられた氷のように、湊の心が揺さぶられ、ざわつく。

出来るのか？　そんなことが。いや、目指してもいいのか？　もう一度、あの世界に立つことが、出来るのか。

出来るわけがない。そんなはずはない。素人考えもいいところだ。あまりにも現実味がなかったから、俺はこれまで思いもしていなかった。

だけどすずの言うとおり、可能性はきっとゼロじゃない。でもダメだったら？　挑戦して、出来なかったら？　俺は、大好きなことを、二度も失うことになる。それが、怖い。怖いと思っていた自分に気が付く。

コイツは、なんで俺のためにそんなに必死になるんだ。なんで、俺なんかをそんなに信じられるんだ。

くそ。あんなに悩んで、やっと諦めたっていうのに。なんで。なんで、俺は。なんで、すずは。こんなに。

わかっている。本当に望むことがなんなのか。それにフタをしていたのはほかならぬ湊自身だ。でもそうしたのは考えたうえでのこと。今どき、熱血なんて流行《はや》らない。でもそれは正しかったのか？　賢《さか》しげに作り出したフタを、強引にこじ開けようとするバカがいる。俺は、そのバカのことを、どう思っているんだ。

ぐるぐると脳裏をよぎる思いに急《せ》き立《た》てられ、走り。走り続けて。湊はついに足を止めた。

「……はぁ……はぁ……」

手を膝につき呼吸を整える。顔を上げると、そこは家電量販店の前で、大型のデジタルサイネージがエアコンの宣伝動画を流していた。すぐに、エアコンの動画が見慣れた女の子の姿に切り替わる。

「……すず……」

彼女は、早着替えのように繰り返していたコスプレをやめ、今はシンプルなTシャツとプリーツスカート姿になっていた。デジタルサイネージの画面のサイズのために等身大となったすずはとても自然で、肌の透明感や唇の色艶までもみてとれる。まるで本当にそこに女の子が立っているかのようだ。

すずは子どもみたいに顔をぐちゃぐちゃにして泣いていて、湊は呆れてしまった。

「なんでお前が、泣くんだよ」

顔を真っ赤にしたすずは、目のあたりを乱暴にこすった。下を向いて、小さく鼻を啜《すす》っている。

「俺は、もうサーフィンは辞めたんだ。やりたく、ないんだよ」

湊は、努めて柔らかい声でそう伝えた。だが、すずはゆっくりと首を横にふり、それから湊を見つめた。その瞳は朝露を帯びた草花のように濡れている。

「嘘だよ。……湊くん、嘘ついてる」

湊は一瞬言葉に詰まった。すずの眼差《まなざ》しが、そうさせていた。

「……お前に、なにがわかるんだよ……いきなりスマホに出てきたってだけだろ……」

なんとか湊が絞り出した言葉は、自分でも驚くほど弱々しい。

「わかるよ。だって私、ずっと湊くんを見てたから。……湊くんの心はホントはもう一度海に戻りたいって、叫んでて……それを必死に堪えてる」

ずっと。という表現が、とても重く感じた。『ずっと』、それはいつから、どんな想いで。湊にはわからない。きっと、すずだって正確には覚えていないはずだ。それなのに。

「だったら、なんだよ」

湊は気が付けばそう呟いていた。

「私はサーフィンのことやプロの世界で戦うってことがどういうことなのか、たしかに知らないよ。でも……」

胸に手を当てたすずは一度瞼《まぶた》を閉じ、開けた。

「勇気を出せなかったせいで、大好きを失《な》くした後悔は知ってる気がする。だから、湊くんにはそうなってほしくないよ。君のことが、好きだから」

鈴のような声で告げられたメッセージ。それはとても懸命で、真摯で、強く響いた。

自分のことをほとんど覚えていないすずだから、何かを後悔している記憶などないはずだ。なのに、今の言葉には心の奥から零《こぼ》れたような、経験から滲《し》みだしたような真実味がある。

そんな彼女が伝えてくれたのは、つまるところこういうことだ。

勇気を、だせ。

乾いた砂浜をその日初めての波が濡らすように。彼女の想いが、湊のなかに染みていく。

「……はぁ……」

湊は、膝に手をつくのをやめて、まっすぐに立った。デジタルサイネージに映る女の子に改めて向きなおる。等身大になった彼女は、思っていたより小柄で、華奢《きゃしゃ》で、そして可愛かった。スマホに入る前の彼女は、こんな感じだったのだろうか。

同年代の、普通の女の子。だけどきっと、内面には強さのある女の子。

「……どうかしてるな、俺は」

画面のなかにしか存在しない謎の存在に自分が抱き始めた感情と、彼女によって奮い立った想いに、湊は笑った。

でも、認めるしかない。どうしてなのかはわからないけど、すずは湊よりも湊のことをわかっていた。目をそらして気づかないふりをしていた気持ちに、湊は気づいてしまった。

バカに背中を蹴とばされた。そのせいで、湊もバカになってしまったのかもしれない。

だけど、バカになることは、今よりはマシに思える。無茶でも、無理でも、もう一度。気が付けば、異様に解像度の高い女の子の動画を流すデジタルサイネージと、それと会話する男はあたりの注目を集めている。あまり、長々と話すわけにはいかなそうだ。湊は溜息をついた。一方、すずはハラハラした様子で、湊の言葉を待っている。しょうがないので、端的に答えることにした。

「やってやるよ。俺は、もう一度海に戻る」

口に出すと、妙にスッキリした。多分、すごく大変なことだし、苦労もするだろう。努力しても届かない可能性が高いし、面倒なことになるのはわかっているが、それでも。湊がそんな風に思えたのは、今の言葉を聞いた女の子が本当に嬉しそうだったから。

「いえーす！　……へへ。やったぜ」

そう言ってピースサインを出す彼女が浮かべた笑顔が、あまりにも輝いていたから。かも、しれない。

※※

翌朝。湊は太陽が少しも顔を出していない早朝に目覚めた。普通にタイマーで起きようかと思ったのだが、いやそこは私が！　と譲らなかったすずにたたき起こされた形となる。

　簡単な朝食を済ませると、久しぶりに取り出したウェットスーツやその他のサーフギアをバッグに詰める。そして、最後に壁に立てかけたままだったサーフボードに目を向ける。

　もともと愛用していた黒のボードは折れたままだから、事故の直前にスポンサーから貰《もら》った白のサーフボードを使う。テールの形状はピン、フィンセッティングはトライ、全体の形状としては細く薄く、エアリアルやリッピングなどのアクションに向いているがその分安定性に欠け、高いレベルの筋力やバランス感覚を必要とするパフォーマンスボードと呼ばれるものだ。

「……っし！」

　湊は気合を入れるためボードを手に取る前に、自らの顔を両手で挟み込むようにして張った。

「し！」

　何故か、スマホなかでのすずも軽く頬を張った。あどけない顔立ちとそのアクションがアンバランスで、湊は少しだけ笑った。

　トレーラーハウスを出て、サーフショップＦＩＶＥ　ＨＥＡＤに向かう。今日はバイトのシフトは入っていないが、しばらくメンテをしていなかったボードに塗るためのワックスを借りるつもりだ。許可は取ってある。

　預かっている鍵で薄暗い店内に入り、サーフボードにワックスを塗り、続いてフィンのネジを一つずつ確認し締めなおしていく。ふと視線を感じて横を向くと、すずがこちらをのぞき込んでいた。顎に拳を当て、なにやら頷いている。

「ほうほう。サーフボードってそういう風に手入れするんだね」

「まあな。こうやってボードを綺麗にすると気合いが入るんだよ」

「湊くんって、実はマメだよね」

「ほっとけ」

「私覚えてるよ。湊くん、サーフィンするときも、自分の動画を撮影してスマホで見返してたよね。やっぱマメ男だ」

　湊は何故か得意げな顔のすずの言葉に肩をすくめた。そんなことを、自分がしていたはずがないからだ。

「あ、そうだ。私に何か出来ることないかな？」

　ねえよ、湊はそう言いかけて辞めた。すずが見るからにやる気満々だったからだ。目が爛々《らんらん》と輝いている。湊は苦笑して、言い直した。

「ネットにアクセスできるんだよな。そこのビーチの波のサイズと風向き、あと潮の干満の時間と水温調べといてくれるか？　サーファー向けのそういうサイトあるから」

「了解であります！」

しゅぱっ！　と敬礼をし、いったん画面から消えるすず。しかし、湊が二つ目のフィンのネジを回し始めると同時に戻ってきた。

「調べてきた！　えっと、波のサイズは……！」

早い。画面のなかでメモを読み上げるすずの声は弾んでいて、妙に気合が入っていて、そしてどこか嬉しそうだ。どうやら、二人三脚で！　と言っていたのは本気だったらしい。

考えてみれば、すずはいつもそうだ。無駄に高いテンションと、隙あらば繰り出される好き好き攻撃で誤解しそうにもなるが、彼女が真面目じゃなかったことは、これまで一度もなかった気がする。

「おっけ。サンキュ」

気が付くと、湊はそう口にしていた。こんなに滑らかにお礼が言えたのは、自分にしては珍しいと感じる。

「どいたま！」

なにその略語、流行ってんの。こぼれそうな満面の笑みを浮かべたすずに湊がそう尋ねようとしたとき、店のバックヤードから物音が聞こえた。これはドアを開けた音だ。続いて、あくびの声。

「ふぁ～あ」

この声は後藤達彦ことビッグDによるものだ。大方、酒でも飲んでそのまま寝てしまっていたのだろう。あの中年男性はサーフィンにだけは真剣だが、他のすべてのことで不真面目なのだ。

湊は少し焦った。そして急いでスマホをシャツの胸ポケットに入れる。すずとの会話を聞かれてしまっただろうか。

「ヘイ、ミナト。もう来てたのか。やっとサンシャインが見え始めた時間だぜ～？」

いつも通りに癖のある話し方。どうやら、すずの存在はバレずにすんだらしい。

「サーフィンの世界に戻ってくる気になったんだな。グッドだ。波はいつでもオレたちを待ってくれているはずさ」

親指を立てて見せるビッグDに湊は答えた。

「……いや、遊び程度のことっすよ」

今の時点では、とても本当のことは言えない。湊はそう言って誤魔化した。ビッグDはほんの少しだけ眉の角度を上げて、それから湊に目をあわせてきた。そして数秒後、両の手のひらを上に向ける。やれやれ、とアメリカ人がやるようなジェスチャーだが、ビッグDのそれにどういう意図があるのか、よくわからない。

「ＯＫ、ＯＫ。ミナトがそういうなら、それでいいさ。ま、もしレクチャーやヘルプが必要なら、ウェルカ〜ム」

「はぁ」

「にしても、どうして急に？　さてはガールフレンドにでも……」

からかうような口調で話し始めたビッグDはそこで言葉を止めた。そのため湊は彼のほうに向きなおったが、ビッグDは唇を尖《とが》らせ、首をかしげていた。今度はWHAT？というときにアメリカ人がやりそうな顔だが、やはり意図がわからない。

「ヘイ、ミナト。そのスマートフォン……」

ビッグDが湊の胸ポケットを指した。ぎくり、とする。やはりさきほど何か聞かれてしまっていたのだろうか。しかしビッグDは湊の心配とは裏腹にふっと笑って、こう続けた。

「……新しい機種にしたんだな。ソー、クールだ」

心配し過ぎた。と湊は胸を撫《な》でおろす。やっぱり呑気《のんき》なオッサンだ。湊がガラケーからこのスマホに変えたのは、事故が起きてしばらくたってからのことなので、だいぶ前のことだ。今さらである。

「はあ、どうも」

なので湊はただそう答えて、ボードのメンテを黙々と続ける。何故かビッグDはそんな湊の傍に椅子を引いて座った。

「ミナト、オレには昔、惚《ほ》れた女がいたんだ」

そして、突然わけのわからないことを語りだした。今の湊にとって世界でトップ5には入るどうでもいい話である。

「そ、そうすか」

「オレはその女に約束したんだ」

「……何をですか？　って聞けばいいすか」

「この湘南に生きる連中を見守り、ときには力を貸すってことをさ」

湊は、少しだけ反省した。ああいう前振りからこういう話になるとは思っていなかったが、つまりは湊のサーファー復帰に助力してくれる意志を伝えてきてくれた、ということらしい。そして多分、珍しく妙に切なげに語る惚れた女云々《うんぬん》の話は本当なのだろう。ビッグDは実際サーファーを始めとしたこのあたりの連中の世話を焼くことが多い。ウザがられつつも慕われているのはそのためだ。

とはいえ、急に告げられたロマンスめいた話にどう反応するのかは難しく、湊は黙って聞いていた。するとビッグDはふっと笑って立ち上がり、湊の肩を叩いた。

「まあ、そういうことだ！　想いは届くし、誰かと一緒なら人は強くなれたりもする。ミナトのような、青い時代ならなおさらさ。ＯＫ？　アンダスタン？　ユーシー？」

湊は首を傾げた。締めくくりの言葉がこれまでの話と繋がっている気がしない。ただ、言っていることはまあ、そうかもしれない、と思えることでもある。

「アイシー」

湊はなんとなくそう答え、メンテの終わったボードを抱えて席を立った。ビッグDは、グッドラック！　と陽気に笑った。

※※

湊はひさしぶりにやってきたビーチに立ち、海を眺めた。まだ空気が冷えている早朝のため陸から海へと風が吹いている。これはいわゆるオフショアというサーフィンには適したコンディションだ。

湘南にはいくつかのビーチがあり、湊はそのあちこちで練習をしてきたが、ここはその中でも一番通った場所だ。見慣れた海の、見慣れた光景。だけど久しぶりの光景。

湊は自身の鼓動がうるさくなっていくのを感じた。それは、懐かしい海鳴りにときめいているからか、それとも押し寄せる波が白く崩れていく様子に不安を覚えているからか。自分自身でもわからなかった。とはいえ、いつまでも感傷に浸っている暇はない。

湊は少し歩き、いつものポイントへと向かった。この時間のビーチにはよく絵を描いていたり写真を撮っていたりする人がいるが、今朝も例に漏れずそういう人を見かけた。

ここは、変わっていないようだ。

「さて、と」

ポイントにたどり着いてまずやることは準備運動だ。全身をストレッチして筋肉の可動域を広げ、とりわけボードコントロールに重要な股関節をじっくりと伸ばしていく。記憶にあるより、少し硬くなっている気がした。

「おお、プロっぽい！　ガチな準備運動って感じ」

砂の上に放ったバッグの上に置いてあるスマホからすずが騒いだ。一応湊はまだプロ資格は保有しているので、あながち間違いではない。

「それよりすず、その恰好《かっこう》なんだよ？」

ふと、湊は問いかけた。すずはダボダボなTシャツを一枚だけ着ている。

「えっと、ほら、海だし？　水着着たんだけど……でもちょっと恥ずかしいからTシャツも着たりして……。きゃー！」

「さいですか」

くだらない話をしているうちに準備体操が終わった。

「じゃあ、ぼちぼち行くわ」

「あい！　ファイトだぜ！」

湊は砂浜のなかでも人通りの少ない場所を選んで荷物を置いた。もちろん、スマホもだ。そしてスマホの隣には動画撮影用のカメラも設置する。これは見学したいというすずの希望と、ライディングを撮影してあとで確認するための処置である。

海に向けて歩き出した湊はちらりと振りかえってみた。すずは大きく手を振っていた。多分、湊が振り返る前から。振り返らなくても。すずはそうしていたのだろう。

湊はすぐに海に向きなおり、背中越しに手を振ってみた。そのまま波打ち際へ。

初夏とはいえ、海水はまだ冷たい。ウェットスーツに覆われていない湊の足元がそれを感じて、連動するように全身が引き締まった気がした。

ボードを海面にゆっくりと下ろし、そこに腹ばいとなる。そこから手で交互に水を掻き、沖へ進んでいく。パドリングというこの動作は見た目より筋力が必要なものとされているが、これは今のところ問題はない。独特の浮遊感に、心がざわつく。

パドリングによって、波待ちをするためのポイントを目指すわけだが、到着前にやってくる小さな波はかわす必要がある。そうでなければ陸に戻されてしまうからだ。腕立て伏せの要領でボードを海中に押し込み、身体とボードの間に波を通すことでやりすごし、さらに進む。次の波がきて、それはボードごと体を海面にしずめてもぐりこむ。

海にじゃれつかれたような気がして、湊の口角が上がった。

ポイントについたら、サーフボードに跨《また》がるようにして体勢と位置を維持し、次々に押し寄せる波を見極める。どの波に乗るかという判断は、サーファーにとってとても大切なものだ。

「……ふーっ……」

湊は、深呼吸とともに自分の胸に軽く手を当てた。そしてわかる。

さっきから感じているこの感覚は、錯覚じゃない。

ちゃぷちゃぷと上下する海面に漂いながら、パワーのある波に目を奪われながら。

俺は、高揚している。

次だ、次にいいのが来たら、乗る。こい、こい。来た。

全身に感じるうねりの予兆。見れば、海が斜面を作り、迫っている。厚い波だ。

今にも崩れそうな波、その肩の部分がすぐそこにある。

「っ！」

息を吐きだし、湊はパドリングを再開した。今度は陸に向けて、迫りくる波と速度をあわせるように、力強く。六回のパドルのあと、ボードのテールが持ち上がるような感覚があった。波の斜面に、ボードが乗ったのだとわかる。

ここだ。

湊は腹ばいをやめ、素早くボードの上にしゃがむ体勢を取った。そして、素早くそのまま立ち上がる。右足が前、左足が後ろ。慣れたスタンスとは逆だが、テイクオフ、つまりは波の上に立つことが出来た。

テイクオフはサーフィンの基礎でありながら、初心者がもっとも苦労するところである、そのため、ブランクのある湊は直前まで不安に思っていた。この程度のことも、出来なくなっているかもしれない。スタンスを変えた影響でしくじってしまうかもしれない。

だが、直前まで、である。

海に入ったときから、不安とは異なる別の感情が心の中で大きくなっていった。その感情は波を待っている時点でピークに達したかと思った。その感情に追いやられ、不安は消えていた。

そして今。ピークに達したはずだったその感情は、ボードの上に立ち上がった瞬間にさらに膨れ上がり、噴き出していた。

「――――っ！」

声にならない叫び。それは興奮と歓喜によるものだった。

轟《とどろ》く波に乗り、うねる海面を滑り降りる。感じるのは爽快な加速と、重厚な圧力。崩れいく波の力と、巻き上がる波の力。

ボードと自分、そして海が一体となったかのような錯覚。

フィールド自体が動く、サーフィンというスポーツでしか味わえない感覚が、湊の全身を包んだ。

「あ」

しかしその時間は一瞬だけ。ターンをして波のパワーゾーンに戻ろうとした湊は体勢を崩し、波においていかれてしまった。足を逆にしているせいで、上手く対応できない。そうなるとライディングの状態を維持できず、海に落ちてしまう。

ざばん、と頭から落ちた。おそらくかなり無様な姿だっただろう。波の力がわずかに残っている海中で揉《も》まれ、耳に水が入る。この感覚も、懐かしい。

湊はすぐに水を掻き、立ち泳ぎをして海面から顔を出した。

「ぷはっ……！」

当り前だが、周りはすべて海。さっき自分を置き去りにした波がどの波なのかも、もうわからない。あの程度のターンで失敗するとは驚きだ。波を横に滑るのがあれほど難しかっただろうか。今のキープ時間短すぎないか、と首をひねる。

湊は脚とボードを結んでいるリーシュコードを手繰り、ボードを引き寄せた。次だ、次。

湊は、次々と波に乗った。テイクオフはできる。問題はそれからだ。

あらゆるテクニックを試した。カットバック、フローター、カービング、刺し乗り、スラッシュバック、ローラーコースター。まったくできないわけではないが、なかなかイメージ通りの形にならない。

マニューバが乱れ、波のパワーゾーンから外れ、技はメイクし損ね、とにかくひどい。ブランクのためか、スタンスを逆にしたからか。どちらにしろ、事故前の湊を知るものが見れば、驚くようなレベルの低さだ。よく言って、上手なアマチュア、という程度。あまりにも失敗するので途中で何度か陸に戻り、すずが撮影していた動画をチェックした。フォームが悪いことに気づき、修正を試みるがやはり失敗。ふんばりがきかなかったり、バランスを崩したり。

そのたびにボードから放り出されて、海にダイブ。身体を叩きつけられ、あちこち痛い。

そうこうしているうちに太陽が昇っていき、風の影響で波の状態が変化。海面がガタついていく。あと一回のトライが限界だ。

「今度こそ……！」

そう言って波に乗り、あと一歩というところでやっぱり海に落ちる。

「あー……くっそ」

湊は海面を叩いた。体力的にも、海の状態にも今日はここまでにせざるをえないだろう。

湊は乳酸のたっぷりたまった腕でパドルして、ふらふらと砂浜に上がった。

スマホの、つまりはすずの傍までまで歩いていき、そのまま大の字に寝転ぶ。疲れた。

体力が限界だ。最低限のトレーニングは続けていたはずだが、鈍っているのは間違いない。

「はぁ……はぁ……」

体中が重くて、しばらく立ち上がれそうにもない。湊は、寝ころんだままの姿勢でスマホのほうに視線を向けた。

「おつかれさま」

画面のなかのすずは、膝を曲げてしゃがみこみ両頰に手を当てた。湊に向けられるその眼差しはふわりと柔らかく、その瞳はらんと輝いているような気がする。

「どだった？」

すずがにこにこしながら発した短い疑問文。だが、湊にも尋ねたいことはわかった。どう答えたもんか。湊は逡巡《しゅんじゅん》する。素直に答えるには、この感情は瑞々しすぎる。キャラじゃない、とも思う。しかし、ここに至った経緯を考えれば、すずに対して誤魔化しをするのは筋が通らない、とも思う。

全然イメージ通りに乗れなかった。下手くそ極まりない。あんなに何度も落ちたのはガキのころ以来だ。スタンスがグーフィーなのもめちゃくちゃやりづらいし、体力や筋力が落ちているのも情けない。メイクできた技は数えるほどだ。あちこち痛いし、ちょっと海水も飲んでしまった。疲れたし、だるい。慣れない左足を軸足として酷使したせいで、左足の筋肉がパンパンになっている。しかも上達の方法がみえない。元のレベルまで復帰することを考えると気が遠くなる。今日はサイテーだ。

それが事実。だけど。それでも。

湊はすずの問いかけに、短く答えた。あっさり、呟くように。

「最高」

それは真実。文字にすると二文字だけの気持ち。爽快で、楽しくて、悔しくて、激しくて、熱くて、気持ちよくて、わけがわからなくて、他にも色々を総合した言葉。

「それは結構」

満面の笑みを浮かべたすずが、うんうんと頷きながら答えて。

「おう」

湊は仏頂面のままそっけなく答えて。

「おう！」

すずは湊の真似をした。元気が良すぎて、湊に似てはいなかった。

# 大好きを失くすのは、つらい

海に戻る、そう決めたからにはやることは多い。湊の生活は、事故前の状態に戻った。否、以前よりもサーフィンのために過ごす時間が増えた。

まずは体づくり。ブランクで落ちた筋力や体力を戻す必要もあったが、スタンスをグーフィーに変えるためには、左右の筋力バランスを変えなくてはならない。

湊はスポーツドクターに相談したうえでトレーニングプランを作成した。そして、毎日毎日続ける。

走り込み、自重トレーニング、マシントレーニング、遠泳。利き足を矯正するために、スニーカーやパンツを履くときに最初に入れる足を変えることも忘れない。

生活習慣すら変えて、壊れてしまった右膝には必要以上の負担をかけないように自らを鍛え続ける。ジムで、トレーラーハウスで、波のない海で。

「湊くん、あと三十秒で休憩終わるよー」

トレーニングプランはスマホにデータとしていれた。なので、すずにも閲覧が可能である。すずはトレーニングをする湊の傍らで、ペースメイカーのようなことをしてくれていた。なお、今やっているのは、プッシュアッパーとウェイトを使った片腕での腕立て伏せだ。

「……あと何セットだっけ？」

「三セット！」

「まじですか」

「ツベコベ言わずにスタート！」

「くそ。ぬおおおっ！」

「いーち！　にーい！　遅れんなー！　気合いだぞー。もう無理と思ってからの十回が筋肉になるんだぞー！」

「わかってる……っての！」

「腕は伸ばしきるな！　フォームが崩れてお尻が上がってるぞ！　よーん！　ごーお！」

　ピンク色のジャージ姿のすずが、高く澄んだ彼女の声とはあっていない体育会系の先輩のような檄を飛ばす。なお、すずは適当にこんなことを言ってるわけじゃない。ドクターのマニュアルも熟読し、スポーツ医学やトレーニング理論についても相当調べている。もちろんそれは勉強した素人レベルの話だが、知識がゼロなのとは大違いだ。

「はーち！　きゅーう！」

筋トレというものは、やっていれば疲れるし、疲れてくると無意識のうちにラクなやり方になりがちで、つまりフォームやペースが乱れてしまう。そうなると効果が薄れる。だから、こうして傍から見ている人間がチェックするのは大切だ。

ただ、当然ながらその分トレーニングはつらくなる。

「……くっ……！　っ……！」

目標の回数まであと少しというところになると、筋肉は悲鳴をあげていて、身体は倒れたがっている。それでも歯を食いしばって続ける。苦痛と疲労に顔が歪《ゆが》み、唸り声をあげることしかできなくなる。

「あ、あと少し！　ラスト五回だよ湊くん！　が、頑張れ！　頑張って！　いけ！　うおおおっ！」

湊がそんな状態まで追い込まれるころにはたいてい、すずもキャラを演じるのを忘れて素になってしまい、顔を真っ赤にしてシンプルなことしか言わなくなる。何がうおおおだ、とはちょっと思う。

「ラスト！」

「よっしゃぁ！」

そんなことを言いあって、湊はうつ伏せに倒れた。腕も、大胸筋も、大殿筋もプルプルと震えている。倒れたマットは、汗が水たまりのようになっている。これこまで自分を追いこむのは、きっと一人では難しいだろう。

そんなトレーニングを終えると、次は夕食だ。体づくりという意味では、そうした基礎トレーニングと連動して食事の内容も少し変わっていた。

「……えーっと、すず、これは……これで終わり？　もう食えるわけ？」

湊は最近購入した炊飯器をあけて、そう尋ねた。入っているのは、鶏むね肉の塊だ。

砂糖と塩を混ぜた水に漬け込んだ生肉を、トレーニング前に炊飯器にぶち込み、『保温』にしてある。これは、すずに教わった鶏ハムの作り方を実行した結果だ。炊飯、ではなく保温。

「だいじょーぶ！　説明しましょう！　炊飯器の保温温度はおよそ七十℃。これは肉の水分を保ちつつ、かつパスチャライゼーションができる温度なのです！　さらに、事前にソミュール液に漬け込んだことにより、塩や砂糖の分子が肉に染み込んでるというわけなのです！　逆に炊飯にしちゃうと、温度高すぎてパッサパサになっちゃうんだぜ！」

スマホのなかでエプロン姿になっているすずは、伊達《だて》メガネをくいっとあげてそう解説した。

なおこの料理法はネットから拾ってきたものではなく、すず自身が知っていたことだ。やはり日本語や地名同様、自分個人に関するわけではない情報は覚えていたりするらしい。いわゆる記憶喪失という症状でも似たようなことがあるらしく、湊はそういうものか、と考えていた。

「そんじゃ、まあ」

たしかに、なにやら旨そうな匂いがする。もしかしたらすずはスマホに入る前は料理を趣味としていたりしたのだろうか。そんなことを思いつつ、湊は鶏ハムを切り分け、レンジで加熱した緑黄色野菜とともに皿に盛った。

「いただきます」

「召し上がれ！」

うきうきした顔のすずに対して湊は『いや作ったのは俺だろ』と言いかけたが、止めた。なんとなく、すずの言うことのほうがあっている気がする。

「お。これ普通に店っぽい味だな」

「だからゆったじゃん！　どう？」

「旨い。けどもう少し濃くても」

「やっぱスポーツメンには塩をもう少しいれるべきだったかー！」

すずと話しつつ合間に鶏ハムを咀嚼《そしゃく》する湊は、ふと思った。そういえば、最後に一人でメシを食ったのはいつだろう。

「でも、これで今日のタンパク質はおっけーだね。ほら」

「へー。鶏ハムそんなに高タンパクなのか。すげぇな」

すずが表示してみせた食事管理アプリを確認してみる。たしかに、目標量のようだ。体づくりを図る上では栄養素も考えよう。とくに筋肉を作るタンパク質。そう提案してきたのはすずだ。バーベキューグリルでハンバーガーやホットドッグを焼くくらいしか料理をしていなかった湊は最初面倒に思ったが、今では湊もそうして良かったと思っている。プロテインをひたすら飲むよりは旨いし、わりと簡単に作れるものもある。それにすずが知っていた意外なことが少し面白い。

「ごちそうさま」

「はやっ！」

そんな夜を、何度も過ごした。

もちろん、海にも何度も行った。天候や波のコンディションを二人で調べて、可能な限り多く、色々なビーチに。

やっぱり、なかなかすぐには上達しなくて、何度も何度も同じ技を練習して、失敗して、また練習して。

「さっきの惜しかったね」

「あー……。腕のポジション悪いのかもしんない。ちょっと動画見せてくれ」

「あいよっ」

すずが撮影した動画をスマホでみてフォームを変えてみたり、海外のプロの動画と比較したり。それからまた海に入り、波に向かう。

そうしてるうちに、ようやく一つの技が成功する。次の技を練習する。あるいは同時にアクションのキレを高めるようにし、マニューバの精度を上げていく。

ほんの少しずつ、ほんの少しずつ。でも確実に。一段ずつ階段を上っていくように。

何かが上手くいったとき、湊はつい小さく拳を握り、小声で叫んでしまう。

「もっと激しく大喜びしてもいいんだよ？　照れちゃってー」

すずは目ざとくそれに気づき、からかい混じりに指摘してくる。

毎日クタクタになってトレーラーハウスのベッドに倒れ込むようにして寝る日々は、まるでサーフィンを始めたばかりの子どものときのように、あっという間に過ぎていった。

髪は潮で焼けて明るい色になっていき、気が付けば肌の色もあのころのように小麦色へと変わっていく。

毎日ビーチでランニングをしているが、そのたび応援してるつもりなのかイヤフォン越しにすずの歌がきこえてくる。

「なんとーかかんとーかなんとかでー♪」

軍隊が訓練で走るときに聞くようなメロディ、

「ちゃらーらー♪　ちゃらーらー♪」

おそらく世界一有名なボクシングをテーマにした映画のテーマ曲。

いずれも、歌詞がわからないのか適当に歌う彼女の歌を聴きながら所定の距離を走り終えたあと息を整えながらみる空と海。その青は、前よりも美しく見えた。

走り込みを終えた帰り道は、クールダウンのために海辺をゆっくりと歩き、帰る。すずと他愛のないことを話しながら。

「湊くんがサーフィン始めたきっかけってなに？」

ふと寄せられた質問。それは偶然にも、その質問の答えに関係する道に差し掛かった時だった。

「あー……。昔、小学校からの帰りにちょうどこの道を歩いてた時、あの辺でさ……」

湊が指さしたのは、見下ろす位置にある海の一部だ。あの日と同じように、陽光を反射してキラキラと輝いている。

「うんうん」

「サーフィンしてる人がいたんだよ。まあ、そんなのこの辺じゃいつものことなんだけど、そん時はなんか目が行ってさ。で、その人がエアリアルを決める瞬間を見たんだ。……まあ、そんだけなんだけどな。なんかカッコよくて、気持ちよさそうだったんだよ。俺もやってみてぇな、跳びてぇなって思った」

さらり、と答えたあと、湊はそんな自分に少し驚いた。今まで、あまり人には話したことのない思い出だったからだ。

あの日の自分には、あのエアリアルが輝いて見えた。自分が同じように波に乗り、跳ぶことを想像してワクワクした。だけど今考えてみれば、あの時は眩しく見えたそのサーファーの技術が優れていたのかは定かではないし、第一顔も覚えていない知らない相手だ。そんな些細なことで、人生の大半を懸けるものを決めたなんて、単純すぎるとバカにされるかもしれない。

だが、すずは柔らかく微笑んでから答えた。

「いいね」

たった一言。でも、きっと、心のままの言葉。そう感じる。だから湊も一言だけ。

「だろ」

「うん」

些細な、でも大切なことを共有できた気がして。

短い会話なのに、何故だか少し照れくさかった。

※※

スマホに変なヤツが現れた春、そいつとサーフィンの練習をするようになった初夏が過ぎて、真夏がやってきた。

ある熱帯夜、エアコンの故障で眠れなかった湊はトレーラーハウスを出て、外のデッキチェアに腰かけた。ここは海風があたるので、多少はマシだ。

すずは、もう寝ているだろうか。肉体を持たないすずに睡眠が必要なのかはわからないが、彼女は普通に夜には眠る。湊はスマホを手に取ってみた。

「……あれ？」

奇妙なことに気が付く。すずの姿が見えない、という意味ではない。彼女が眠っていたり、近くの端末に移動しているときにスマホから姿を消すのはいつものことだからだ。ただ、そういうときはスマホのトップ画面の例のアイコン『すず♡』が『すず☆　お休み中』や『すず♪お出掛け中』と変わっている。しかし今は違う。

「……ない……？」

もう見慣れたあのアイコンが、ない。メッセージアプリの右、電子書籍リーダーの左にあるはずのそれが、ない。不意に、あたりを包んでいた潮騒の音が消えた気がした。

「え」

湊は額に手を当てた。そういえば、最後に会話したのは夕食のときだ。そのあと湊はシャワーを浴びたが、浴室から出たあとすずの声を聞いていない。電子書籍でも読んでいるのかと思って放っておいたが、二時間くらいは経っているはずだ。

「……？」

湊はスマホ画面をスライドし、アプリ一覧を開いてみた。あのアイコンを探してみる。簡単に見つかった。もしかしたら、トップ画面でも見過ごしていただけかもしれない。スマホのホームボタンを押して、トップ画面に戻ってみる。今度はあった。今は眠っているらしい。声を聞いていなかったのは、単にすずが早寝していただけなのだろう。

「気のせいか」

湊はこの出来事を、そう結論付けた。

※※

翌朝。湊は珍しくゆっくりコーヒーを飲んでいた。今日は夕方まで豪雨が続くため、海には行けない。大学もバイトも休みであるため、今日は休息日として過ごす予定だ。

外は雨音がうるさいが、室内は落ち着いていた。が、それはすぐに破られた。すずが起きたためだ。すずは『はっ！』とか『今のはまさか！』とか独り言を言って、それから画面に姿を現した。今日はキュロットスカートをはいている。

「おはよー！　湊くん！　聞いて聞いて！」

　すずは昨日早寝したためか、起き抜けから元気だ。

「朝っぱらからテンション高ぇな。どうした」

　コーヒーを一口啜り、カップを持ったまま問いかける湊。すずは興奮冷めやらぬ様子で続けた。

「思い出した！」

「なにを……あ、また記憶が戻ったのか？」

　湊の問いかけに、すずがぶんぶんと首を振る。これまで彼女が思い出したことは、ビーチでサーフィンの練習をする湊を遠くから見ていた、ということだけだったことを考えると、たしかに事件だ。

「私、多分だけど、江ノ島《えのしま》によく行ってたんだと思う！　もしかしたら、住んでたのかも！」

「多分？　ってのは？　住所とか家とか思い出したのか？」

　思い出した記憶は、初めて『すず自身』の個人情報に関することだった。それは湊にとっても予想外なことだ。

「ううん。そうじゃないんだけど、お店の並びとか、道とか、江ノ島のすごく細かいところまで思い出せたの。あと鳥居！　鳥居の光景がパッと頭に浮かんできて……！　それから、えと……！　カメラ！　カメラ持ってた！　こう……！　パシャっと！」

すずは自分でも整理できていないのか、断片的にそう語る。湊はしばらく彼女がまくし立てる情報を黙って聞いた。それから確認する。

「ようするに、江ノ島に縁の深い育ちをしてて、神社がなんか関係ありそうで、趣味は写真を撮ることだった、ってことか？」

「そう！」

すっかり冷めてしまったコーヒーとは逆に、すずは白熱していた。それも無理はないことだと、湊も思う。

「……決定的ってわけじゃないけど、かなり絞り込めそうだな、それ」

「だよね！」

すずは嬉しそうだった。普段は能天気であまり表に出すことはないすずだが、自分の置かれた状況があまりにも特殊だということくらいはわかっているはずだし、それを不安に思うことだってあったのかもしれない。

自分がどこの誰で、何故こんなことになっているのか。ほとんど何も覚えていなかったせいか、当初から今までそれを気にかけるそぶりはみせていなかったすず。彼女はこうして記憶を取り戻したことで本来の自分について考えられるようになった、ということだろうか。

きっとそれは、すずにとっては良いことだ。だから湊は答えた。

「良かったな」

「いぇーい」

すずは、またわけのわからないダンスをしだした。彼女の変な替え歌とオリジナルダンスにはもう慣れたこともあり、湊はそんな様子に口を挟まなかった。つられて、表情が柔らかくなるのも感じる。

「江ノ島か……」

ぽつりと口にしてみた。それほど遠くはないし、湊がサーフィンをしている海からも毎日のように目にしている島だ。そこがすずにとって身近な場所だった。これは以前すずが思い出した、一年以上前に湊のサーフィンを見た記憶とも一致しているプロフィールだといえる。

もしかしたら、この謎の状況を解明するうえで重要なことかもしれない。湊はそんな風に思った。同時に、当初はウイルスやＡＩの可能性を考えたすずのことを完全に『人間』と捉えている自分に気が付く。

どこかにいた誰かが、なんらかのきっかけで自身のスマホに宿った存在。それがすず。今彼女が話したことからもそれを感じられた。そしてそうでなければ、今日までも数カ月が成り立たないと思える。

いつの間にかあまり気にしなくなってしまっていたけど、すずの存在はやはり不思議だし、超常現象だ。もしも湊自身がすずと同様にどこかの誰かのスマホに宿りそれまでの記憶を失ったら。そしてその記憶を少しずつ思い出したら。どんなことを思うのだろう。

すずは現状をどう思っているのだろう。

彼女は湊からすれば驚くほどに、困ってしまうほどに気軽に何度も湊のことを好きだと告げてくる。それも冗談ではなく。

俺は、そんなすずをどう思っているのだろう。

「ん？　湊くん？」

考え込んでいた湊を、すずが不思議そうに見つめた。

「いや、なんつーか……」

湊は口ごもった。上手く伝えられる気がしない。

すずのおかげで、海に戻ることが出来た。今は遠くてもいつかは以前のように、いや以前よりも強くなりたいと思っている。練習や色んなことを協力してもらっている。

「あー、だから……」

湊が考えているのは、すずに何かしてやれないか、ということだった。

突如押しかける様にしてスマホに現れた彼女に困ったこともあるけど、今はそれだけじゃない。

どこかの誰かである彼女が、どこの誰なのか。湊のスマホに現れた理由はなんなのか。手がかりがわずかに見つかった今、それを探さなければいけない気がした。

「あはは。変なの」

すずはいつものように笑いかけてくれたが、湊はやっぱり上手く気持ちを口に出来ないまま、コーヒーの残りを啜った。

瞬間、湊の脳裏にすずの正体について一つの考えが浮かぶ。このスマホにはすずの精神、あるいは魂とでも呼ぶべきものが宿っているようにみえる。行ってみれば、『生霊』という概念に近いのかもしれない。だとすれば『本体』とでもいうべき、実在するすずの体は今現在どうなっているのか。

いくつかの仮説が浮かんだ。例えばスマホの中のすずは本体の魂の一部だけが分離したものであり、本体のすずはこちらのことを何も知らずに普通に生活している、というのはどうだろうか。本人の知らないところでその人の怨念が誰かに憑《と》りつき呪い殺してしまうがという怪談を聞いたことがあるが、構造としてはこれと同じだ。可能性としては、ありえなくもない。

あるいは。と、そこまで考えて湊は思考を止めた。悲観的なその可能性を、つきつめたくなかったからだ。

「どうしたの？　なんか難しい顔して？」

「なんでもねぇよ。それより……あー。なんだ。なんか俺にしてほしいこととかあるか」

　悩んだり考えたりしたことをすっ飛ばして、湊はただそう質問してみた。

「え？」

「いや。すずには色々と……まあ、復帰の件で世話になってるしな。俺に出来ることならやってもいいけど」

　湊は女の子に対してこうしたことを尋ねたのは初めてだった。ぶっきらぼうな言い方になってしまったと自覚しつつ、しかしすずから目をそらして頬を掻いてしまう。

「でも多分、湊くんは私がいなくても、また復帰に向けてサーフィン始めてたと思うよ」

　すずは照れたようにそう口にした。たしかに、彼女の言う通りかもしれない、という気もする。すずが現れなくても、結局は未練に引っ張られてまた海に戻ったかもしれない。でもきっとその場合は、今ほど早く始められなかったし、こんなに真剣にとりくめてはいないだろう。今の湊は、もっと弱かったはずだ。それは間違いない。

「かもしれねぇけど、すずのおかげで助かってるのは事実だしな。お礼ができるならしたい」

「……」

すずは黙ってしまった。こうなると湊としてもかなりバツが悪く、横目でスマホに視線を向けた。すずは、ぽかんと口を開けていて、それから閉めた。さらにグッと拳を握り、くーっ！　と小さく唸る。表情を輝かせて、頬を少し染めて、やたらと明瞭な発音でさきほどの問いへの回答と思われることを口にした。

「じゃあデート！　デートしたい！」

※※

「と、いうことになってだな……」

湊はバーカウンターに肘を置いて頬杖《ほおづえ》をつき、溜息をついた。

「ははは。可愛いじゃん」

隣の席に座る信之はニヤニヤと楽しそうにしている。湊の百倍はデートという単語が身近であろう彼にとっては、それほど意外な話ではなかったのだろうか。

「いや、そういう問題か？　それより……」

「ちょい待ち。お代わり頼んでから聞きたいかも」

信之は、少し離れたところにいたバーテンダーに声をかけ、ヒューガルデンを二杯注文した。

今飲んでいる店は大学近くにあるオーセンティックバーである。この店のオーナーは湊にトレーラーハウスを貸している老婦人であり、彼女から宣伝されたこともあって湊はたまにここに来る。

なお、スマホのなかのすずは今日はもう眠っていた。理由はわからないが、すずは最近、以前よりもよく眠る。そういう状況だから、湊は信之にこんな話をしていた。信之はそれで注文から一分も経たないうちに二杯のヒューガルデンが運ばれてきた。

喉を潤し、湊に視線を向ける。さあどうぞ？　と目が語っている。

「俺がすずに言いたかったのは、スマホから出て元の体に戻るためとか、正体を突き止めるためとか、そういうことのために出来ることねぇか、ってことだよ」

湊はカウンターの皿からアーモンドを口に含み、バリボリと噛《か》みながら答えた。

「それはわかるけどさ。けっこー難しいと思うよ、それ」

「……まあな」

信之の言わんとしていることは湊にもわかる。実際、今日にいたるまで色々な方法を検討していた。

例えば、すずの姿をスクリーンショットや動画で撮影してそれをＳＮＳで公開して『この女の子の情報求む』という手段。すずの容姿の良さや動画の滑らかさを考えれば拡散はしそうだが、そうなると正しい情報を拾うのが難しくなるだろう。それに、彼女の映像が悪用される可能性もある。

あるいは、湊がスマホを片手に街を周り、道行く人に『この人知りませんか』と尋ねる方法。これは実際やってみたのだが、ほとんどは怪訝《けげん》な顔をして知らないと言われただけだった。江ノ島に覚えがあり湊のサーフィンを生身で目撃したということを踏まえても捜索範囲は湘南全土に及ぶわけだし、彼女を知る人物に当たる可能性はかなり低いだろう。仮に当たったとしても、名前さえ知らない女性の情報を聞きたがる若い男は怪しすぎるし、ほいほい話してくれるわけがない。

「実はおれもちょっと考えたことがあってさ、調べたんだよ」

信之がポツリと口にした。

「ここ最近、この近くの……交通事故の記録とか、病院で意識不明になってる若い女性がいないかって」

信之の声は、彼にしてはトーンが暗かった。それも無理のない話だ。湊にも、信之の意図はわかる。そして実際、湊も同じようなことをすずに悟られないように調べた経緯もあった。

「……なにもそれらしいのは見つからなかった。だろ？」

「やっぱりみーくんも考えた？」

「そりゃな」

短く言葉をかわした二人は、それから黙ってグラスを傾けた。湊と信之の推測は共通しているものだと互いが理解している。そしてそれはあえて口に出したいことでもない。すずの体は事故や病気で昏睡状態にあり、その中身、精神とか魂とかそういうものだけがスマホに宿っている。そんな可能性。

信之の言う通り、それらしい情報はつかめなかった。だが、だからといって可能性が否定されたわけではない。病院や警察は必要以上に個人情報を明かすことはないし、そうした情報にアクセスすることはただの大学生である自分たちには限界があるからだ。

「まあ未確定のことで暗くなっても仕方ないでしょ。それより今はデートの話だよみーくん」

信之はぱっと表情を明るくした。純粋に面白がってもいるようだが、あえてそうした表情を作って見せた部分もあるのだろう。なので湊もいつも通りの口調で答える。

「いや、デートもくそもねーだろ。相手がすずだぞ」

なにしろスマホである。一緒にどこかに行くということがデートの定義であるならば、年中無休でデートをしているようなものだ。今さらというやつではないだろうか。

それにどこかに食事に行ったとしても結局食べるのは湊一人だ。映画館でスマホを取り出せば周りに迷惑だし、ジェットコースターの加速感をスマホ内から感じられるかも怪しい。湊が言外に伝えたのはそういうことだ。それにそもそも、わざわざかしこまってデートなんていうのは、気恥ずかしい気もする。なにかモヤモヤする。

「いやいや、それは違うよ。デートっていうのは、相手が誰であれちゃんとデートとして行うからデートなのよ？　それに楽しみ方は色々あるって」

「そうかぁ……？　お前が言う？」

そういう信之はしょっちょう女の子と遊んでいる。しかし彼の遊び方は大いに肉体的接触を伴うものが多いと聞いている。それは湊とすずには到底無理なものだ。

「うーむ」

腕を組んで唸る湊。最近はすずのせいでこうして考える時間が増えた気がする。隣の信之は、そんな湊の横顔をみてニヤついていた。

「お、みーくんがサーフィン以外のことでそんな悩むのめずらしいじゃん」

「今考えてんだよ」

湊は、少し静かにしててくれと伝えたつもりだったが、信之の軽口は止まらなかった。

「みーくん、最近楽しそうにしてるよ。サーフィンをまた始めたからでしょ？　それって、すずちゃんのおかげなんじゃないのかなー？」

「うっせ」

「いやね？　おれもそれが嬉しいし、だからすずちゃんにはホント感謝してるのよ？　おれっていいヤツだから、前はみーくんを心配してたわけよ。だからさー」

信之はくすくす笑いながらからかうように話すが、内容が嘘でないことはわかる。

そして信之が『そのこと』でこんな風に自分をからかえるようになるくらい、自分は変わったのだろう。どん底から、立ち上がり始めているのかもしれない。それもわかる。

湊の脳裏に、すずの顔がよぎった。今は呑気にスマホのなかですやすや眠っているすずの笑顔が。

そんなタイミングで、信之があることを問いかけてきた。

「すずちゃんは『湊くん好きー！』ってずっと言ってるけどさ。みーくんはどう思ってるわけ？　すずちゃんのこと」

信之の口調はあまりにも自然で、話題になっている人物がスマホのなかにしか存在しないことなど忘れてしまいそうになる。

「どうって……」

だが、湊は言葉を詰まらせた。たしかに、信之の言う通りだ。自分がもう一度海に戻れたのは、きっとすずのおかげだ。俺は、そんな彼女のことを、どう思っているのだろう。

信之の質問の意図するところは、例えば好きだとか嫌いだとか、それも女の子としてどう思っているのか、そういうことだとはわかる。だがその問いへの答えは自分でもわからなかった。状況が特殊すぎるからなのか、単に湊がそういうことに疎いからなのか。

答えないでいる湊に、信之は言葉を続けた。

「デートってさ、そういう、よくわかってない気持ちを確かめるために行くこともあると思うんだよね。そんな深く考えなくてもいいんじゃね？　モヤモヤした気持ちがあっても、別にそのままで。そうだなー、たとえばすずちゃんの思い出の場所とか、そういうとこに行ってみたら？」

信之の口調は大抵いつもかろやかで、時にはそれは軽薄に思われてしまうこともある種のものだ。だけどそれは彼の優しや真摯さの表れでもあると湊は知っている。

「そんなもんかね……」

湊は、信之の言につられてすずのデートに出かける自分を想像した。

「……どう？　ちょっとワクワクしてきたっしょ？」

そんなことを言われて少しだけぎくりとしてしまう。

しかし同時に、あることを思いついた。

思い出の場所。すずにとって思い出の場所と言えるのは一つしかない。何故さっさと思いつかなかったのか。

考えてみれば、彼女の正体を探すためにも記憶にある場所を巡ってみるのは有効に思える。知っている風景に触れれば、新しく思い出せることもあるかもしれない。

なので、デートという使い慣れぬ単語を使用する理由付けもできる。本来、理由付けなど必要ないのかもしれない。しかしこれまでサーフィンしかしてこなかった湊にとっては自分のための理由付けが必要なのだ。

「よし。決めた」

湊はヒューガルデンのグラスを一息に飲み干し、あえて口にした。

モヤモヤしている気持ちは変わらない。しかしそれとは別に、似たような語感の別の感情を覚えている自分に気が付いてしまう。

信之の最後の問いかけ、それに返事をするのならば、こうなるだろう。

少しだけ、な。

※※

最寄り駅に到着した湊は脚を止めてスマホを取り出した。しかし、そこにすずの姿はない。首をかしげていると、画面の中央のあたりに米粒のような人影が表示されていることに気づく。その人影はこちらに向かって駆けだすようなそぶりを見せ、少しずつ表示が大きくなっていった。画面の奥から手前に小走りで近づいてきている、と見えなくもない。

やっといつもの大きさで表示されたのは、もちろんすずである。彼女はわずかに呼吸を乱していたが、それを整えてこう言った。

「ごめんね。待った？」

　待ち合わせの定番のようなセリフ。すずはなにやら楽しそうな表情だった。待ったもなにもない話だが、おそらくすずは言いたかっただけなのだろう。家を出るころから黙っていて、小走りのパートまで挟むとは芸が細かいな、と湊は思った。

「今来たとこだよ」

　それは嘘ではないので、普通にそう答えておく。

「そっか。えへへ。じゃあ、行こ」

　上機嫌のすずを改めてポケットにしまい、電車に乗る。向かう先は江ノ島駅で、乗るのは江ノ電だ。住居の壁際ギリギリや鮮やかな色彩を放つ海を車窓に映す小さな車両は、予想よりも空いていた。太陽光が車両内に注ぎこみ、遠くの海はきらきらと輝いている。

「湊くん、私に何か言うことはないのかね？」

　シートに腰かけた湊は、イヤフォン越しにそんなことを尋ねられた。質問の意味がわからなかったのでスマホを取りだしてみる。

「ほれほれ」

　ここは車両内なので湊は声を出せないが、すずは自分が着ている服の裾を摘まんでヒラヒラとさせていた。

「どうよ、この服？」

遅れて湊も理解する。どうやらすずは服装についてのコメントを求めているらしい。実は湊もさきほどの『待ち合わせ』のときに気づいていて、そのときにあることを思ったのだが、それはそのまま口に出すのはやや恥ずかしい種類のものだった。

〈昨日、ずっとネット調べてたのはそれか〉

湊は、口に出すかわりにスマホのメモパッドを起動し、そう尋ねた。

「そう！　このコーデを選ぶために二時間近くも……！」

そう言うすずが着ているのは、白を基調としたワンピースだった。女性のファッションに疎い湊には細かい分類などはわからないが、ふわりとした質感の生地で作られたワンピースはどことなく品があり、かつ女の子らしいものにみえる。麦わら帽子もあわせて、すずには似合っているように思えた。夏のお嬢さん、というような表現があう気がする。

〈夏っぽくてかわ〉

かわ、まで文字を入力しかけた湊は一度削除し、こう入力しなおした。

〈夏っぽいな〉

すずは、なにやらニマニマと口元を緩めている。まるで、お見通しだぜ、と言わんばかりの表情だ。

「え？　そう？　照れるなー。へへへ」

それからは車内ということもあってかすずはあまり話しかけてこなかったが、代わりに上機嫌な鼻歌が聞こえてきた。意外にすずは歌がうまい。

そうこうしているうちに電車は江ノ島駅に到着した。昼前ということもあり、観光地にしては人影もまばらな駅から出て、弁天橋を通って江ノ島に向かう。

途中で、顔見知りとすれ違った。湊にトレーラーハウスを貸している老婦人の孫である、大学の先輩だ。社交的ながらも何か普通とは違う雰囲気のある人、と湊は認識している彼は、女の子と一緒だった。学内でも二人でいるところを何度か見かけたこともあるので、多分付き合っているのだろう。

そのカップルは猫を連れていて、すずの希望もあって猫の写真を撮らせてもらった。

「あ、どうもありがとうございます。じゃあ、その、お二人ともいい一日を」

湊が別れ際にそう言うと、先輩は不思議なことを言った。

「うん。君たちも。……あ、いや、ごめん、君も」

たち？　不思議なことを言う人だ。他の人から見れば、湊は一人にしかみえないはずなのに。多分、ただの言い間違えなのだろうけど、それでも湊は少しだけ嬉しかった。

それからまたしばらく歩き、湊とすずは仲見世通りの入り口で足を止めた。

「到着したけど、どうだ？　なんか見覚えあるか？」

デート、というすずの要望を叶《かな》えた形ではるが、もう一つの目的としては彼女の記憶をたどり、その正体に迫るというものもある。

「めっちゃある。絶対来たことあるよここ！」

「やっぱそうなのか。じゃあどうすっか。前言ってた神社でも探すか？　それともなんか有名所でも回るか？」

「そんな急がなくても……あ！　湊くん！　あそこあそこ、あっちのほうに行って！」

何かに気づいた様子で通りの一角にあるお店を指すすず。湊はひとまず言われるがままに速足で店前まで移動した。

「なにここ。クレープ屋？」

「そう！　ここのチョコレートデスファイヤーチェーンソーがちょー美味しいから！　買おう！」

よほど重要なことを思い出したのかと少し緊張した湊に対して、すずはウキウキの様子である。

「なんだそのデンジャラスな名前のクレープは」

「いいからいいから！」

湊はそれほど甘いものが好きではない。なので、もしここに一人で来たとしてもチョコレートなんとかは買わないであろう。しかし湊は財布を取りだした。

そんな特殊なクレープの名前をすずが口にしたということは、記憶に訴えるものがあったということだし、手掛かりに繋がるかもしれない。という思いが半分。

すずが本当に嬉しそうにおススメしているから、というのが半分。一人できてもクレープは買わない。でも、今は一人ではない。

去年から発売されて大好評というチョコレートデスファイヤーチェーンソーは名前のわりには割と普通のクレープだった。店の前にベンチがあったため、湊はそこに腰かける。

さて、どうしたものだろうか。いや買ったからには食べるしかないわけだが、こういうものを湊はあまり食べたことがない。本当は、すずにあげられたらいいのに、とは思う。

逡巡していた湊に、すずが声をかけてきた。

「ねえねえ、湊くん。そのクレープ、こう、ちょっとあの辺に向けて突き出して？」

「は？」

「それから、スマホでカメラを起動してクレープをフレームに収めるようにー」

意味が分からない湊だったが、とりあえず言う通りにしてみる。左手に持ったクレープを右手のスマホで撮影するような形となる。

なにこれ？　湊がそう尋ねようと思った瞬間、クレープの映りこんでいるスマホカメラに、すずの姿が重なった。そして彼女は大口を開けてみせる。

パシャッ。というシャッター音が響いた。スマホカメラのシャッターを押したのは湊ではないので、すずの意思によるものだろう。

「なにやってんの？」

「へへへ。見てこれ！」

満足そうなすずに促され、スマホに目を向ける湊。すると今撮った画像が表示された。

「ははは。なんだこれ」

湊も、そう言って笑った。その画像のなかでは、湊が差し出したクレープにすずがかぶりつこうとしているように見える。いわゆる『あーん』の構図だ。まるでこのベンチに、二人で座っているようだ。スプーンによる一口ではなくクレープ丸かじりなところが彼女らしい。

「イイ感じに撮れた！　ほら、なんかせっかく来たし、こういうのあると思い出に残るかなー、と思って！　気分だよ、気分！」

すずは自分で撮った画像を眺めては、うんうんと頷いている。もちろん、現実にクレープが食べられたわけではないし、周りにいる人たちにはすずの姿は見えなかったわけで、茶番といえば茶番だ。だがすずは、それでも嬉しそうだった。

「いいんじゃねぇの」

だから、湊はそう答えた。たとえ本当はクレープが食べられなかったとしても、食べたかったとしても、こうすることに意味がないわけじゃない、そう思える。

「……せっかくだから、色々なとこ行ってこういう写真撮るか」

湊の言葉に、すずは瞳を輝かせた。両手をあげて、わーい！　と口にする姿が、子どもみたいだ。

「いいねぇ！　それ楽しそう！」

かくして本日のデート、一応はデートである一日の方針が決まり、湊のスマホの画像フォルダには次々に新しい写真が加わっていった。

レトロな雰囲気のある仲見世通りでは、お店の前でおかしなポーズを取ったり、団子を前に変顔をしたりするところ。

遊覧船のシートから身を乗り出して、風を感じるようなキメ顔をしているもの。

植物園にも立ち寄り、南国ムード溢れる花畑を前にして踊るように両手を上げたもの。

これはやりたくなかったが、遅い昼食に入ったカフェで、フォークを湊にむけて逆に『あーん』をしたもの。

傍から見れば、湊一人があちこちで写真を撮っているだけなので多少は恥ずかしくないわけでもない。それでもカメラを起動するたびにはしゃぎ、真面目に構図を考えて愉《たの》しそうに写真に写るすずをみていると、別にいいかと思えた。

本当は『二人』であることを知っているのが二人だけだという状況が少し面白かったこともあるのかもしれない。

気が付けば湊は、今日という日を楽しいと思っていた。

「すずって写真撮るの上手いな」

展望台にあがり、はるかに広がる海を背景にすずを撮った一枚。湊はそれをみてふとそんなことを言った。カメラを向けるのは湊なのだが、向ける方向や構図を考えるのも、実際にシャッターを押すのもすずだ。彼女が撮った写真はスマホによるものだとは思えないほどに世界を美しく写している。

背景に写る街並みの温《ぬく》もり、スイーツの甘さ。そして高く深く、広く蒼く、どこまでも鮮やかに輝く海と空。湊は芸術に詳しいほうではないが、それでも切り取られた世界は肉眼でみるのとは別の魅力があるようだった。ただ場面を記録するためのスナップというよりは、被写体の魅力を引きだし表現するもの、例えば写真展とかそういうものに展示されているものに近い感じがする。

「そっかな。うん、実は私も思ってた！　やっぱり写真が趣味だったのかも？　だって、すごーく楽しい」

すずはそう言うと、カメラを手にするようなジェスチャーをして、空想上のシャッターを押した。その動きはとても自然で、慣れているようにも見える。

「そういえば、カメラがどうとか言ってたか。スマホでこれだから、ちゃんとしたカメラだったらもっとスゲーのかもな。真剣にやってたんじゃねぇか？」

「そ、そう？　そこまで言ってくれるとは思わなかった……。いやいや、湊くんのサーフィンほどじゃないよ、きっと」

すずはたまに『照れるぜ』というときがあるが、今の反応は少し違っていた。どこか自信がなさそうというか、彼女にしては控えめな態度に思える。

「？　ふーん。まあ、知らねぇけど。……あ、やべ、時間なくなってきたな。そろそろ神社行くか」

「あ、うん。そだね」

展望台から降りた湊たちが向かったのは、江ノ島で有名な辺津宮《へつみや》や中津宮《なかつみや》ではなく、観光ガイドには載っていない小さな神社だった。これは、すずがぼんやりと思い出した神社の風景が、どうもそれらの有名どころとは違っているとのことだったからだ。逆に、この小さな神社に、すずは強く反応した。

十数分ほど坂道を歩き、参道である石段を登って鳥居をくぐる。狭い境内に人影はなく、しかし不思議と寂しい雰囲気はなかった。きっと地元の人だけが訪れるような場所なのだろう。

「誰もいねぇな。どうだ？　なんか覚えてるか」

湊はスマホを取りだし、境内を見回すようにしてかざした。

「……うん。記憶にある通りだよ。全部。あそこでおみくじを売ってて、あそこに手水《ちょうず》場があって……。静かで……。あー！　絶対知ってるのに、何で知ってるのかわからないや。……頭のなかにモヤがかかったみたい」

「……まあ、もう少しここにいてみるか。スマホここに置くから、ちょっと考えてみ」

「うん」

湊はそう断り、境内に転がっていた石を手水場のへりに組んでスマホを立てかけた。何かわかることがあるかもしれないと、自分自身もあたりを散策してみる。とはいえ、狭い境内なので見るべきものはさほどない。

少し離れたところに社務所がみえる。もしかしたらここの神主の住居を兼任しているのかもしれない。ただ出掛けているのか人の気配はしなかった。拝殿や鳥居にもとくに変わったものはなく、よく見る普通の神社のそれである。

境内の一角に、説明書きが記された立板をみつけた。とくにすることもないので、湊はなんとなく近づき、目を通してみた。

「ああ、この伝説か」

書いてあることは有名な話で、湘南生まれの湊にとっては知らないものではない。だが具体的にどんな内容だったかということまでは忘れてしまっていた。なので、あらためて読んでみることにした。それは、湘南に伝わる五頭龍《ごとうりゅう》と天女《てんにょ》の伝説、というものだ。

昔々、このあたりには恐ろしい竜神である五頭龍がいた。様々な水害を起こすなどの災いを起こし暴れまわる龍は湘南の人々を苦しめていたが、ある時、江ノ島に天女が降臨し、龍は天女に恋をする。

龍は天女に求婚するが、天女は龍のしてきた悪行を理由にこれを断る。天女を諦めきれない龍は改心し、湘南の人々のために尽くす存在になることを誓う。龍は洪水を止め、海の恵みを豊かにし、海とともにあるこの土地の人々に幸いをもたらした。

これにより天女は龍を許し、また献身的に人々を助ける龍をやがて愛するようになった。こうして結ばれた二人は、水と恋の神として、この地の人々を守った。

しかし龍は、人々に尽くすあまりに力を使いすぎてしまい、次第に衰弱していく。やがて神としての力を失った龍は、もはや天女とともにあることが敵わない。

これからは地の一部となり、人々と天女を見守りたい。龍は最後にそう願い、天女の助けをうけてその願いを果たした。

現在、江ノ島の対岸にある龍口山《りゅうこうさん》はこの龍が姿を変えたものである。

「あー」

読んだことを自分なりに要約した湊は、そう声を上げた。そういえば、そんな話だった気がする。だから江ノ島は縁結びの聖地とされているのだ。この神社も例に漏れないようで、先の伝説の話のあとに、こうしたことが書いてある。

貴方《あなた》の恋の願いが真に切なるものであれば、この社が祀《まつ》る天女はそっと力を貸してくれることでしょう。それは小さな奇跡です。ですが、それはあくまできっかけに過ぎません。願いを叶えるのは、貴方の勇気と想いなのです。

「きっかけ、ね……」

普段の湊であれば、さほど気にも留《と》めない文章であろう。だが、今はどこかひっかかるものがあった。すずが取り戻した記憶の場所だから。そして地へと宿った龍という存在が、少しだけすずの現状に似ている気がしたから。

物思いにふけっていた湊に、スマホの声が聞こえた。歩み寄り、尋ねる。

「湊くーん」

「何か思い出したか？」

「うーん。この境内でけんけんぱとかして遊んだことを思い出した！　でもそれだけかなー。これ以上は無理そうかも」

どうやら、ここでも決定的なことは掴めなかったようだ。だが、湊はそれほど気にはしていなかった。すずはどんどん記憶を取り戻していっているし、今日江ノ島に来たことでもいくつかのことを思い出している。

彼女が記憶を失くしてしまったのは魂がスマホに入ってしまったことによるショック

のようなものによる一時的なことで、少しずつ改善されていく。湊にはそんな気がした。

※※

神社をあとにすると、もう日が傾きかけた時間だった。そろそろ帰るか、と提案した湊に対して、すずはもうちょっと！　と粘ったが、特にもう行くところもない。

なんとなく歩いて、なんとなく海岸に出た。ヨットハーバーが近くにみえるその海岸は静かで、ただ寄せては返す波の音だけがざわざわと聞こえてくる。

わずかなその音が心地よくて、柔らかくなった陽光の中を歩く海岸線はずっと歩いていけるような気がした。すずもそう感じているのか、さきほどから黙っている。

しばらくの時間がそのまま過ぎて。

「あ！　そうだ！」

不意にイヤフォンからそんな声が聞こえたので、湊はスマホを取りだす。このパターンにももう慣れたものだ。

「どうした」

「いっこ忘れたことがあって。えっとね。お願いがあるんだけど」

画面のなかのすずは両手を合わせて片目をつぶった。改まってこういうことを言うのは、少し珍しいことだ。

「いいけど、なんだよ」

「いいんだ⁉」

すずは目を丸くして聞き返した。言われてみれば内容を聞きもせずに、お願いとやらを了承してしまったことに気づく。自分がそうしたことに、少し驚いてしまう。

「じゃあ嫌だ」

「ダメでーす！　男にも女にも二言はないんだぜ！」

両手でバツの字を作って見せるすず。湊は苦笑し、仕方ねぇな、と答える。今日は一応デートというやつだ。一般的なそれとはだいぶ違う形にはなったけど、湊はそう思っている。だから、お願いくらいは聞いてもいい。

「ありがと！　じゃーねー、スマホを……あ！　そっちのベンチに立てかける感じにして置いて。カメラは海のほうに向けて！」

パン！　と両手を叩いたすずは何やらてきぱきとした様子で指示を出してきた。

「はいはい」

「もうちょい右！　角度は地面と水平に！」

「こんなもんか？」

「あと少しだけ右！　おーらい、おーらい、はいストップ」

「なにがしたいわけ？」

「湊くんはあの辺に立って。手すりに軽くもたれる感じで、海を背に！」

ベンチに置いたスマホから意気揚々と飛ばされる内容から、すずがしようとしていることが湊にもわかった。スマホカメラのシャッターはすずが切れるので、タイマーをセットする必要もないわけだ。

「え、俺の写真とるわけ？」

「ちょっと違う」

「何が？」

「ふふふ」

「なんか怖いんだけど」

「うーん。よし、湊くん、右手をポケットに入れてみよう。あ、首に手を当てる感じもイイかなぁ。ほら！　読モになったつもりで！　イケてるメンな立ち姿を！」

「いやわかんねぇって」

「あ、いいかもそれ！」

「何が？」

「よーしそのままーそのままだよー。あーでもちょっと顔カタいなー」

わけが分からない湊だったが、とりあえず言われるがままに止まった。写真を撮られるのはどちらかというと苦手なほうだが、どうも写真好きらしいすずがしたいのであれば我慢してもいい。

「いくよー。布団がー！　吹っ飛んだー！」

ハイチーズ、の代わりに発したと思われる言葉はあまりにもくだらなくて、湊は息を漏らしてしまった。

「おっけー！」

だがすずは満足したらしい。気が済んだのならそれでいいさ、と湊はベンチに戻ってスマホを手にした。

「じゃーん！」

すずがそう言って表示したのは、今撮影したと思われる画像である。

「おお？」

湊によって予想外だったのは、その写真に写っているのが自分一人ではなかった、ということだ。

空と海を背景にして立ち、くだらないジョークのせいでふにゃっと笑っている湊。

その傍らに、すずがいた。

こちらは屈託のない、向日葵《ひまわり》を思わせるような笑顔。肩を湊の腕にあて、顔を湊のほうにわずかに傾けるように。それは、とても自然な姿にみえた。

スマホカメラが写す画像にすずが写り込むことで可能になる特別な合成写真。今日さんざん撮ってきたなかの、最後の一枚。それはきっと、事情を知らない誰かが見たら、普通のカップルの2ショットにみえるのかもしれない。

写真のなかではまるで、本当に隣にすずがいたかのようだ。

「わお、すずちゃんいい笑顔！　湊くんはへーんな顔ー」

画像に重なるようにして現れたすずは、にまにまと口角を緩ませていた。予想外の撮影に、湊は大きく息を吐いた。

「あ！　ダメだよ！　この写真は削除しないもんね！　絶対やだかんね！」

すずはムキになった様子でイヤイヤと首を振るが、湊にはそんなつもりはない。

「しねぇよ、んなこと。俺の顔はともかく。……いい写真だと思うぞ」

背景に写り込む海や、空の色、すずの表情などの点から、素直にそう思えるものだった。それに、すずがこの写真を撮りたがった理由はなんとなく湊にもわかる。

すずは、本当の体を持っていないから。だから。

「やった！　初デートの記念になるね。へへへ」

すずは目をつぶり、嚙み締めるように呟いた。湊はそんな彼女を見て、彼女の睫毛《まつげ》が長かったことに今さら気付いた。何故だか照れてしまう。

「しかし、よく上手いことそれっぽく撮れるよな」

湊は照れてしまった自分を誤魔化すようにあらためてすずが撮った写真に目を向けた。

「……この雲、面白いな。なんか虹みたいな色にみえる」

思ったままに口にする。二人の背景にある雲は普通の夏のものとは違っていた。白いはずの雲の一部が、緑や赤に彩られているのだ。

「どれどれ？　あ、これはね彩雲っていうんだよ。たまたま撮れるなんて珍しいなー」

スマホのなかのすずがスマホのなかの画像をみる様子は、床に敷いたカーペットの模様を彼女が覗き込んでいるかのようだった。

「さいうん？」

聞き返した湊に、すずはふふんと自慢げに笑った。

「よくある気象現象なんだよ。太陽の光が雲に包まれる水滴で回折して、こんな風に見えるの」

「へぇ」

自分がたまたま知らなかった常識なのか、それともすずが専門的なことを知っていたのか。湊は少し考えたが、おそらく後者だろうと判断した。カメラに詳しい、というパーソナリティとも一致するように思える知識だ。そしてそんな知識を自然に口にしたということは、やはりすずは記憶を取り戻しつつあるのだと思える。

「よく知ってるな、そんなこと」

とりあえず湊はそれだけを口にし、それを受けたすずは腕を組んで胸を張った。

「へへーん。すごいでしょ。あとね、虹っぽい気象現象って他にもあってね。珍しいヤツだと、例えば環水平《かんすいへい》……」

中途半端なところで、すずの解説が止まった。知識自慢をするはずが、思い出せなかったのかもしれない。湊は一瞬そう思ったが、すずの様子はどこかおかしかった。

はっとしたように両手を頬にあて、それから自分の体のあちこちを確認するように触れる。それから自分自身を抱きしめるように腕をまわし、あらぬ方向に目を向けたすずの表情は、これまでみたことのないようなものだった。愕然《がくぜん》、あるいは呆然《ぼうぜん》、そんな風に見える。

「すず？　どうした？　大丈夫か？」

たまらずそう声をかけると、すずは慌てて湊に視線を戻した。

「……あ、ごめんごめん。なんでもないよ」

そう言って微笑むすずの表情は、もういつも通りのものになっているように見える。

「いや、でもお前」

「ダイジョブダイジョブ！　それより、今日近所のスーパーで牛肉が特売だから、売り切れないうちに帰ろ」

すずのさきほどの挙動には不自然さを感じていた湊だったが、それを突き詰めることはしなかった。今のすずは平気そうにみえるし、あるいは何か言いたくないことでもあるのかもしれない。

「そうだな。たまにはウシ食いたいし、帰るか」

だから湊はただそう答えて、家路につくことにした。

「今日はすごく素敵な一日だったよ。ありがと、湊くん」

「それはなにより」

デートを締めくくるすずの言葉。それは心の奥の方から溢《あふ》れ出《だ》したかのようで。だから湊はさきほど覚えた違和感をそれほど気にはしなかった。

※※

日課のトレーニングを済ませ、特売牛肉のステーキを食べて、あとはシャワーを浴びて寝るだけ。すずが不思議な提案をしてきたのはそんな時間帯だった。

「ねえ、プロジェクターの電源入れてくれないかな？」

「んあ？　なんか映画でも見るのか？」

湊のトレーラーハウスにはテレビがないので、映画配信サービスなどの映像コンテンツを楽しむときにはプロジェクターを使っている。一面だけある、何も置いていない白い壁に映像を映すのだ。

「んー。違くて。いいからいいから」

すずがわけのわからない提案をしてくるのはいつものことで、だから湊は素直にそれに従った。部屋の灯《あか》りを落とし、プロジェクターを起動する。するとプロジェクターからの光が、壁面を照らした。これはすずが操作しているのだろう。湊は光の通り道から外れていなかったため、その影が壁面に出来てる。そして。

「やっほぅ」

壁際には、等身大の大きさになったすずがいた。彼女は、小さく手を振っている。

いや、一瞬そう見えるだけで、本当は違う。プロジェクターが、等身大のすずを壁面に映しているだけだ。ショートパンツにTシャツの姿は、よく見るとやはり映像だ。

「……あー。そういやそんなことも出来るか」

湊の近くの電気機器には入ることができるすずなので、驚くほどのことではないはずだ。なのに。

俺は、どうしてこんなにドギマギしてるんだ？

それが湊の素朴な思いだった。ただ、そうした感情はあまり悟られたいものでもない。

「いきなりどうしたんだよ」

「一緒に今日撮った写真見ようよ。こっちきて座ってー」

壁面に映るすずは楽しそうにそういうと、膝を抱える様にして座って見せる。やりたいことは、なんとなくわかる。なので、湊はスマホを持って、彼女の隣に——少なくとも正面からはそう見える位置に、座った。

「……これでいいのか？」

「いいねいいね」

湊からすれば、等身大の女の子が映る壁面の前に腰かけただけ、そのはずなのに。

「あれ？　湊くん、ちょっと照れてる？」

「照れてねぇよ。ただ壁際に座っただけだぞ」

湊は、嘘を吐いた。すずは、だよね、と笑った。

「それで、写真だったか」

湊はスマホを取りだし、すずにみえるようにかざした。画像フォルダを開く。壁面に映る彼女は、それを覗き込むようなそぶりをしたけど、彼女にはどう見えているのだろう。

「お、これいいね。私の横顔と後ろの海鳥のバランスがグッド」

「あのとき隣にいたオッサンには、鳥好きなにーちゃんだと思われたんだろうな」

「わぁ、お花綺麗だねこれ。その中心にいるすずちゃん、妖精のごとし」

「このポーズなんだよ。サウンドオブミュージック？」

「クレープ、美味しかったでしょ」

「俺は甘いものはあんま……」

「ホントは？」

「まあ、甘い割にはうまかったかも」

そんなことを話しながら、つぎつぎに画像をスライドしていく。二人で過ごした一日を、たしかめるように。気が付けば肩を寄せ合うようにして。ときおり笑いあったり、お互いをからかったり、ジョークを言ったりしながら。

「……楽しかったね」

ぽつり、とすずが口にした。湊は頰を掻き、天井のほうをみて答えた。

「わりと」

湊の言葉に、すずはふわりと笑うだけだった。気が付けば、さっきよりも湊の影とすずの姿が近くなっていた。部屋の向こう側からなら、すぐ傍にいるように映るだろう。

トレーラーハウスの小さな窓からは月明りだけがさしていて、壁に浮かび上がるすずの姿は、どこか神秘的に浮かび上がる。

「私はすごく楽しかったよ。楽しかったけど……ううん。楽しかったから……」

すずのどこか寂しそうな声は、そこで止まった。だが、湊にはその続きがわかるように思えた。

まるで、すぐ近くにいるようなすずの姿。でも、その声は離れたところにあるスピーカーから発せられているものだ。肩が触れるような距離に映っていても、彼女の匂いはしない。息遣いを感じることもない。

湊は、彼女の手に自分の手を重ねた。でも、感じるのは壁の冷たい感触だけ。

すずが言いたいのはそういうことなのだろう。本当の姿であったのなら、きっと、もっと。きっと、ずっと。

「とりあえず、色々思い出せたこともあったんだろ」

ただ、今考えたことを伝えるのは違う気がした。現状、どうしようもない自分だから。

「……うん。あそこでアレ食べたことあるな、とか。この道で転んだことあるなー、とか、些細なことだけどね」

「一歩前進だな。喜ばしい」

「そうだね。あと私ね、思ったんだ」

「何を？」

視線を向けると、すずは天井を眺めるようにして、顔を上げていた。

「私がスマホに入っちゃったのは、多分、湊くんを立ち直らせるためだったんじゃないかな、って」

湊は、ただ黙ってすずの話に耳を傾けた。不思議に思うことも多いし、なんで今そういうことを言うのかもわからなかったが、そうしなければいけない気がしたから。

「だってね。ホントの私が、サーフィンしている湊くんを見てたのって、事故より前のはずだから……もう二年近くも片思いしてるってことになるじゃん。それはもう、ながーいわけですよ」

「……片思い云々は置いといて、たしかに海には出てなかったな」

すずがストレートに好意を伝えてくるのはいつものことで、それに湊が困ってしまうのもいつものことだ。すずもそれをわかっているのか、くすくすと笑った。

「それで湊くんがサーフィン辞めちゃったって聞いて、哀しくて。でも今、立ち直るために頑張ってるとこ見てると嬉しくて。だからこのためにスマホの中にやってきたんじゃないかな、って思うわけですよ、すずちゃんは」

ときおり頷きつつ、ぽつぽつと言葉を紡ぐすず。その声はとても小さくて、なのにどこか凜《りん》としていて。湊には、優しいさざ波のように思えた。

「……なるほど。なんか生霊みてーだな」

湊のほうは、ある種の納得を感じつつも、ボソリと答えた。大学の教養科目で習った源氏物語には、強い怨念が生霊として体から飛びだして、憎い相手のもとに降り立ち呪い殺してしまうという話があった。すずの言っていることが本当なら現象としては似ている。

あらたに生まれた仮説。でも、それには説得力がある気がした。病院からの帰りに口論したすずが必死だったこと、それから先も湊に協力してくれたこと。辻褄《つじつま》が合う。

「生霊じゃないもん」

すずは、唇を尖らせて不満を漏らした。湊としても、言い方が悪かったと反省し、本当に言いたかったことを続けた。

「じゃあ、俺が復帰したら、すずはどうなるんだ？」

すずの呼吸が一瞬止まった、気がした。息遣いは感じられなくても、それくらいわかる。それから湊に向けられた瞳は、深く澄んでいた。

「きっとここから出て、……元に戻るんだと思う。そんな気がする」

湊は、すずの返事を聞いて立ち上がった。もちろん、その予想に絶対の根拠があるわけじゃない。それでも彼女の予感にはきっと意味がある。もとより、湊には他に出来ることなどないのだ。

そして、すずが信じるのなら俺は。

湊は、以前店に張ったポスターのことを思い出した。湘南ブルーオープン、毎年春の初めに行われるサーフィンの大会。奇《く》しくも、すずが湊のスマホに現れてからちょうど一年後に行われるその大会へのエントリーは、まだ間に合う。復帰に向けた練習にこれからあてられる期間は、約半年。

「春に、大会があってさ」

今は毎日のように乗り、メンテも欠かしていない白いサーフボード。すずの座っている壁とは反対の壁にかけてあるそれに、湊はそっと触れた。

「うん」

背中越しに、すずの声が聞こえた。しかし、湊は振り返らない。自分が、どういう顔をしているのか、わからなかった。

「今の俺は、プロとして立ち直ったなんて言えないレベルだけど」

もしも、すずの言うことが事実で、俺が復帰したらすずがスマホから消えて元の体に戻れるというのなら。

もとに戻ったすずは、スマホのなかで過ごした日々を忘れているのかもしれない。現状を考えればその可能性は高そうだ。だけど、それでもいい。初めから、始めればいい。

すずがこうなったのは、俺の弱さのせいなのかもしれない。もちろん、望んだわけではないけど、結果としてみれば、否定はできない。だが、謝ってもどうにもならないし、すずも望まない。いや、そんな賢しげなことよりも、シンプルに、俺は。

口下手なせいで言えないけど、つまるところ湊の気持ちもすずと同じだ。

今日が、今日までの日々が楽しかった。

いつのまにか、すずのことを大切に思うようになっていた。サーフィンが好きだという気持ちを取り戻させてくれた彼女に、とても感謝している。

以前、信之から問いかけられたこと。彼女をどう思っているのかという質問に対する答えを、きっともう、持っている。

だから、このままではいられない。すずを、元の姿に返さなければならない。

いつまでも寂しい想いをさせたくはない。だから。

湊はすずの方を振り返り、言い切った。

「俺は大会に出る。そのときのライディングを、見ててくれ」

振り返って目があったすずは、泣いているような笑っているような、変な顔だった。

※※

みているときに夢だとわかる夢がある。湊が今見ているものも、それだった。

どうしてわかったかと言うと、そこにすずがいたからだ。スマホのなかにではなく、そこに。

彼女は、湊も知っている湘南の砂浜に座っていた。手には、小柄な女の子には大きすぎるような古いカメラ、それを向ける先は白く崩れる美しい波と、晴れた高い空。最近よく見る夏のものではなく、春の、澄んだ空。はるか遠くまで見渡せる海は、空との境界線があいまいで。まるで一つの青が溶け合うかのように広がっている。

すずは砂浜で立ち上がり、カメラを海の方に向けた。角度はやや上、あのファインダーには、どんな碧《あお》が映っているのだろう。

気になった湊は、すずのほうに歩いて行った。踏みしめる砂浜が湿っている。波が届かない場所だし、晴れているのに、何故だろう。

夢なのだから、気にしても仕方ない。湊はすずの傍らにやってくると、彼女が見ているであろう景色を見上げた。

ざわめく波と、降り注ぐ陽の光。海面と、海面の上にある空間自体がきらきらと輝くような世界。その上空に、不思議なものが見えた。

それは水平な虹。

湊が何度か見かけたことのある一般的な虹、つまりはアーチ状に空にかかるそれとは違う。水平線に対して平行に、青いキャンバスに虹色の絵の具で描かれたまっすぐな彩り。

幻想的なその風景に、湊は息を呑んだ。たとえ夢だとわかっていても。

ふと、すずがカメラを降ろした。傍らに立っていた湊に気づいたのか、顔を上げて、それから。

それからどうなったのか、湊にはわからなかった。夢というのは、そういうものだ。

※※

ベッドで目を覚ました私は、直後に一人でうめき声をあげた。恥ずかしい、顔が熱くなる。多分、鏡でみたら頬を赤くなっていると思う。

細かいところまではよく思い出せないけど、彼が夢に出てきた。あのサーファーの人、結城湊くんである。

何故あんな夢を……！　というのは考えるまでもないことで、それはつまり、私が彼に恋をしているからである。である。ある。る。あー、恥ずかしい。

そういえば、これはたまたまなんだけど少し前に、サーフィンをしていないときの彼を見かけた。それは彼だって二十四時間サーフィン関連のことをしてるわけじゃないだろうけど、まさかあんなところにいるとは思わなかった。なのでビックリしてしまい、ただすれ違って終わりだ。

くっそう。何か声くらいかければ良かった。いつもサーフィンしてますよね？　あ、私ビーチでよく写真撮ってるからたまに見かけて……！　とかなんとか。

そこから知り合いになってみたいな流れはそれほどおかしくはないとみた。ミスったぜ、と思う。だから、もし今度機会があれば、つまりは半径二メートル以内で遭遇することがあれば話しかける。ガンガン積極的に行く。いや間髪いれずにコクるまであるかもしれない。

いやそれは言い過ぎた。でも、そのくらいの勢いをもったほうがいいかもしれないってことだ。

そんな夢をみてから、また数カ月が過ぎた。日々は、それほど変わらない。

それにしても、自分でも少し不思議だ。一言も会話したわけじゃないのにおかしいかもしれない。でも一目惚《ひとめぼ》れというのとも違う。一方的にとはいえ、私が彼を見かけたのは、一目どころではないからだ。

いつもボードに乗って海の上でぐいんぐいんしてる彼は、見かけるたびに上達していっているようだった。そのたび、例のわかりにくい笑顔になる。私はそれをみるのが好きだった。

……なんだけど、最近ちょっと彼の様子がおかしい。少し前から、ガムシャラになっているように感じられるのだ。練習を頑張っているのは最初からだけど、なんというかこう、鬼気迫る様子というか、必死感がすごい。

どうやら、なにか難しい技を練習しているようで、しょっちゅう失敗してボードから落ちている。そして、今回はずっと成功していない。何をやろうとしているのかも私には分からないけど、波の頂点に上がっていって、そこで体勢を崩して吹っ飛んだり、波に飲まれたり。

もう何週間、いや何カ月になるだろう。少しずつでも上達していっているようにみえた彼のサーフィンは、ここしばらくちっとも変わっていない。最初に見かけたときよりずっと日に焼けた肌になり、髪の色も海水で明るくなっていってるけど、それでもサーフィンは変わらなくなっていた。

ああ、やっぱり何事もきびしいよね。最初私はそんな風に思った。その後もあまりにも出来ないみたいなので、心配にもなった。

でも、彼はひたすらそれを続けた。いい加減無駄なんじゃないかと思いそうになる。傍からみている私でもそうなのだから、多分本人はもっとなんじゃないだろうか。

落ちて、浜にあがり、また海へ。ムキになったような顔で、苛立ったり、嘆いたり、そんなそぶりを小さくみせつつも、また海へ。ひたすらに、徒労のように見えかねない挑戦を何度も何度も何度も。

どうしてあんなに頑張れるんだろう。結局できないかもしれないのに。そうなったとき彼は後悔しないのだろうか。この膨大な時間と労力を無駄にしたと思わないのだろうか。

でも、そんな彼をみていたある日、私は恥ずかしさを覚えた。

何かを懸命にやるっていうのはこういうことなんだ。そう言われている気がしたのだ。

彼はサーフィンが好きで、サーフィンをしていたいから、ああして海にいる。

あんなにも懸命に、あんなにも真剣に。だから輝いている。

私が彼のことを好きになったのも、きっとそのせいだ。例えば彼がもっともっと上手で、あっさりと華麗に波に乗っていたら、スゴイとかカッコいいは思ってもこんな気持ちにはなっていない気がする。

目が離せなくなったのは、何度打ちのめされても折れずに挑み続ける姿に憧れたから。

朝焼けに照らされるそのひたむきな横顔に、魅せられたから。

そんな彼を、素敵だと思う。

お前は？

もし私がそう聞かれたら、なんにも言えなくなる。好きなことが、したいことがないわけじゃない。むしろ、明確にある。だからこそだ。

私はずっと前からカメラが好きで、中でも空と海の写真を撮るのが大好きだ。だから、風景を撮影するプロのフォトグラファーに憧れた。具体的に言えば、ナントカ賞みたいなのを受賞して、美人過ぎるフォトグラファーとか言われて雑誌にインタビューされたときの答え方まで妄想済みである。そして、毎日素敵な写真を撮るのだ。

でも、私はいつしかそうした気持ちに目をそらして、写真を撮ることをただの現実逃避の手段にしてしまっている。

それは、病気のことと無関係ではない。

私は、『深刻な発作』が起きればもう助からないかもしれない。可能性はまだ低くてもそれは明日かもしれなくて、要するにいつ死ぬかわからない。

だから。そう思ってた。でも、それは言い訳だったのだと思う。

だから諦める、じゃなくて、だからこそ頑張る、とするべきだったのだ、ホントは。

このまま死んじゃったら、きっと最後の一瞬は後悔しかない。

えらくロマンティックだけど、私は会話もしたこともない人に、気付かされた。

私は、映像系の専門学校について調べた。ずっと独学だった写真の知識を整理して、自分が出来ることとできないことを確かめた。今までより、ずっと真剣にシャッターを切るようになった。カメラに収めたい特別な気象現象なんかも勉強した。学校に行って、技術をみにつけて、そのうえでプロのスタジオに入って、いつかは独立して、そして最高の写真を撮るんだ。

でもその前に、もう一つ重大な決意。

私は、手術を受けることにした。

成功確率は五割ほどの、難しいものだと聞いているそれは、もし失敗すれば助からないことが確定するものだ。正直に言えば、考えるだけで怖い。

今まで何度も発作があった。心臓が万力で潰されたように痛くなり、息もできなくて、目もあけていられなくなる。そのたび、どうして私だけがこんな目に、と泣いてしまうし、とても人には聞かせられないようなことを思ってきた。

一人ぼっちで、苦しくて、このまま死んじゃう気がして。顔中をぐちゃぐちゃにした。手術をうけなければどうせすぐに死ぬんだから、受ければいい。人はそういうかもしれない。でも『死』という冷たく絶対的なものを目の前に突きつけられるのは本当に怖い。

苦しくて、辛くて、でもなんとか過ごしてきた日々だけど、それが終わるのが恐ろしくて、手術に合意することが出来ないでいた。この気持ちは、それがリアルになった人にしかわからない。絶対だ。

そんな私が、心臓にメスを入れてもらう決意が出来たのは、湊くんのおかげだ。

未来は暗がりのなかだけど、暗がりのなかにたしかにあるんだと信じて、見つめていたいと思う。

もし、手術が失敗しても、死んじゃっても。私は前を向いて死んだんだもんね、と胸を張れる気がした。

この恋に、人生最後になるかもしれない恋に、意味があったと思いたいから。

客観的に言えば、この恋には未来がある可能性は低い。手術が成功して私が死ななくて、それからあらためて湊くんと出会って、それから絆《きずな》を深めて、なんて、夢物語レベルだ。

彼に恋をしたことで、少し強くなれた。そして懸命に生きた最後の瞬間には、私はその想いを抱きしめたまま逝こう。たとえ実らなくたって、それがこの恋の証《あかし》だ。

ちょっと詩的すぎるかもしれない。でも結構ホンキ。

そう決めてからまたしばらくが過ぎた。手術まで、あと少し。

私の心臓はどんどん悪くなっていって、今では安静にしてなきゃいけない日ばかり。好きだったクレープ屋さんにも行けなくなったし、海にもあまり行けなくなった。

『軽い発作』は今では毎週のように起きる。そのたびに昏睡状態になって、目覚めて鏡をみると哀しくなる。ひどい顔だ。

そして、それは『深刻な発作』が起きる前兆でもあるらしい。

同じ年の女の子たちが毎日を楽しく過ごしているのに、私はほとんどベッドの上だ。

カラ元気を出して家族にお茶目にふるまっても、きっと痛々しいに決まってる。

爆弾の破裂は、どんどん近づいている。手術の日まで、生きていられるのかな。そんなことを、考えてしまう。

しばらく湊くんを見ていないけど、あれからどうなったかな。あの技は出来たのかな。

本当はもっと早く勇気が出せていれば良かったなって思う。手術の成功確率だって少しは上がったかもしれないし、もっと勉強していい写真も撮りたかった。湊くんと話してみたかった。少し、後悔してる。嘘、とっても、とっても後悔してる。勇気が出せなかったせいで、大好きを失うのは、つらい。

また数日が過ぎた。

その日も部屋から出られなかった私は、インターネットくらいしか出来ることがない。サーフィンを撮影することを専門とするフォトグラファーのウェブサイトを見ていた。エアリアルという技の瞬間を撮影することの難しさを書いている写真付きの記事を読んでいると、関連リンクの記事のタイトルが目に入った。

それは知っている文字列、というか人名。これまであえて調べたりはしていなかったその人についての記事なのだとわかった。

『結城湊、引退？　練習中の事故が原因か？』

全身の血が、冷えた気がした。

パキッ。そんな音が、罅《ひび》がはいるような音が聞こえた。

「夏鈴《かりん》ちゃん、どうしたの……？」

お母さんが私を呼ぶ声がしたけど、何も返事が出来なかった。

※※

湘南ブルーオープン。トッププロも参加するその場で、あの独特の熱気が立ち込める海で、復帰してみせる。それが、あの夜、湊が決めたことだ。

自分自身のために、そして、すずのために。

サーフボードに乗る二つの理由は、とりわけ新しく出来た方の理由は、湊を激しく突き動かした。

自分が復帰できれば、もう大丈夫なんだと大会で示すことが出来れば、すずは元の体に戻れるかもしれない。それを信じて、波に挑むと決めた。

大会まで、そう時間はない。やらなければならないことは山積みだ。

これまでも続けていた筋力トレーニングや体づくりは欠かさない。そのうえでより実戦にむけた練習を積んでいく。陸上では、筋トレや走り込み、サーフスケートボードを用いたシミュレーションやフォームのチェックと修正などを繰り返す。少しずつ強度や難度を高めながら、一歩ずつ先へ。強い体幹としなやかな筋力、ぶれることのないバランス感覚を養っていく。

こうした陸上でのトレーニングも極力は海が視界に入るビーチサイドで行っていた。砂浜で行うことによる負荷の向上を図る目的もあるが、それ以上に大切な理由がある。それは海を感じることだ。波のリズム、めぐる風、潮の香り、五感のすべてが伝えてくる海の鼓動が、もっと上手く波に乗る方法を教えてくれる気がしていた。

毎日天候や海の状態をチェックして、可能な日は早朝からビーチに出かける。そして時間の許す限りライディングを続ける。あらゆるマニューバを試し、さまざまなテクニックを一つずつ練習していく。

最初は違和感があったスタンス、右足を前にしたグーフィースタイルにも徐々に慣れていき、出来ることが増えていった。

もちろん怪我の前にレギュラースタンスで出来ていたライディングのレベルにたどり着くのは容易ではない。だから何度も何度も失敗し、そのたびに逆足で成功させるために様々な方法を試していく。

こうしたことを続けるうちに、湊は自分のサーフスタイルがいつしか変化していたことに気づいた。以前はパワーで波をねじ伏せる様にして技をメイクすることが多かったが、今は違っている。昔よりも波や風をよく見るようになったのだ。

水量、うねりの度合い、高低差、風速、気温、様々な要素を見極めることでテイクオフすべき波のポイントやその後辿《たど》るべきルートがこれまでよりも鮮やかに見えてくる。柔らかくロングライドができるようになり、リップアクションやプルアウトもスムーズになった。

トータルで見れば、事故前の実力には及ばないのはたしかだ。だが、ある部分においては以前を上回っている。そう感じられた。

パワーに任せたライディングができなくなったからという理由で自然に求めた新しいサーフスタイル。波を制するのではなく、波に助けてもらうようなそのスタイルを、湊は身に付けつつあった。

そんななかで技をメイクする快感は格別なものだ。巨大で力強く、そして美しい海が描き出す一瞬の形、波。二度と同じ形のものはない波に乗り、思い描いた通りに駆け抜ける爽快さ。マニューバが上手くいくと、全身の細胞が喜んでいるようにさえ思えた。

すずの協力もあり、俺はたしかに復帰への道を一歩ずつ進んでいる。

そのはずだ。そのはずなのに。

何かが、欠けている気がする。湊には、そう思えてならなかった。

テクニックの習得は進んでいる、サーフスタイルの変化もけっして悪いものではない。なのに、なにかが、満たされていない。欠落感のようなものがある。何かを、見過ごしている。

それは不気味な感覚だった。だが、それでも復帰に向けた特訓をやめるわけにはいかない。湊は、自身の体にときおりまとわりついてくるその感覚を、胸騒ぎを無視して日々を送った。弱音を吐くわけにはいかなかったから。

一方、そのすずは以前よりもさらに眠っている時間が増えた。夜間に眠っているのは以前から変わらないが、秋に入ったころには日中や午前中にも姿を消すこともあった。

もちろんそのたびにまた覚醒するのだが、一日のうちに何度か繰り返されるそのサイクルは、あきらかに短くなっている。

「見かけない時間が増えたな」

湊がそう尋ねると。

「うーん。なんか最近、ときどきふっと気が遠くなっちゃうんだよね。スマホのなかで意識を保てなくなる時がちょこちょこあるっていうか」

すずはそう答える。

「なんだ、その、大丈夫なのか？　なにか問題が起きてるとか？」

「んーん。多分、これは良《い》い兆候だと思うよ。湊くんが復帰したら私の目的も達成ってことじゃん？　そしたら私はスマホから出て元に戻るでしょ？　湊くん完全復帰の野望が少しずつ叶ってきてるから、スマホからもチラチラ出ていってるのではないでしょーか！　いやそれだ！　間違いない！」

心配になった湊だったが、すずの反応はあっけらかんとして明るかった。しかもわざとらしく感じるほどに自信ありげな断言だ。元々原因不明のわけのわからない現象なだけあって、すず自身がそういうのであれば、そういうものかと思うしかない。

例えば、すずがスマホから消えている間は本体のほうが元気になっているとか。あるいは以前想像したように、彼女本人が昏睡状態になっていた場合は一時的に意識が戻っているとか。そうも考えられる。

それにたしかにすずの言う通りなところもあった。新しい技を習得したり、狙ったマニューバが出来るたびに、それをすずと喜ぶたびに、彼女がスマホからいなくなる時間は増えていっているのだ。

それはつまり、順調ということだ。そのはずだ。すずの話もそれを裏付けている。

このままいけば、すずはスマホにいない時間のほうが増えていき、いずれは完全にスマホのなかからいなくなるのだろう。まだ遠くに感じられるその日を今は想像もできないけど、きっと。

くすぶっていた春、海に戻った夏、大会参加を決めた秋。そして成長を感じつつ冬に差し掛かった今。順調に進んでいる。

湊はそう思っていた。いや、思おうと、していた。

だが、歪《いびつ》なものは、完成しない。

「ミナト、エアーは跳ばないのか？」

東の空が焼けていき、朝の澄んだ空気が少しずつビーチを満たしていくなか、ビッグDが湊にそう尋ねた。

湊は短い休憩のために砂浜に座っていたのだが、そこにビッグDがやってきたのは数分前のことだ。ボードを持っていたことから、彼もサーフィンにやってきたのだとわかる。そこでたまたま湊を見かけたから隣に座った、ということだろう。

ビッグDは湊になんだかんだと話しかけてきて、それで今の質問も出た。

「え……？」

湊の口からは、短い音が漏れた。驚きあるいは疑念、そうした思いが込められた音だ。

「ホワッツ？　どうした？」

ビッグDはいつも通りだ。飄々《ひょうひょう》とした様子で、沖の方を見ている。

「あ、いえ別に」

湊の髪から水滴が零れた。さきほどまで全身を包んでいたはずの海水なのに、妙に重たく感じる。

「最近、お前をここで何度も見かけてな、驚いてたんだよ。逆のスタンスであそこまでのライディングとはたいしたもんさ。ソーアメイジング」

ビッグDはそう言って立ち上がり準備運動を始めた。ワン、ツー、という英数字でカウントされるラジオ体操の合間に言葉が続く。

「だから不思議に思ってなぁ。ミナト・ユウキと言えば高く軽やかなエアーが最大の武器のサーファーだったろ？　なのにグーフィーになったお前が飛ぶところは一度も見たことがない」

前屈、上体そらし。滑らかにラジオ体操を続けるビッグDの疑問はもっともなことだ。

そして実際、湊は復帰に向けてのトレーニングを始めてから一度もエアリアルを決めたことがない。いや、試みたことさえない。

問題なのは、湊自身、今この瞬間まで、それに気がついていなかったことだ。ただの違和感や欠落感として片付けて、突き詰めることをせずに。

言われてみれば、何が欠けていたかなんて、簡単なことだ。

少年のころ、偶然に見かけた名前も知らないサーファーがみせたそれに憧れた。それからサーフィンを始め、のめりこみ、いつしか湊自身の代名詞ともいうべき得意技になっていたもの。それがエアリアルだったはずだ。

「あー……そういや、そうすかね」

口をついたのは、そんな返事。その不自然さが、自分でも気持ちが悪い。ウェットスーツの内側に、汗が溜《た》まるのを感じた。

「なにかワケでもあるのか?」

ビッグDのラジオ体操は中盤に入った。上半身を左右に捻る運動を十回。だが、湊はその十回が終わっても、何も答えられないでいた。

ワケ? そんなものはない。

プロとしてサーフィンを続けるなら、参加する大会で復帰を示すのなら、エアリアルは絶対に必要な技だ。

加速し、波のトップから空中に飛び出すエアリアル。競技の上では高得点が取れるテクニック、現代サーフィンの花形、今なお新しい技が生まれ続ける最先端のライディング。

そしてなにより、湊が一番得意としていたアクション。憧れたもの、大好きだった瞬間。

俺は何故、そんなエアリアルをこれまで試さなかった？　何故一度も跳ばなかった？　練習しようとも思わず、しかもそのことを疑問にすら感じていなかった。どうして？

湊の目は、気が付けば傍らに置いてあるバッグのなかにあるスマホに目が向いていた。だが、その中にいる一番の協力者は今は眠っている。

「？　ヘイ、ミナト？　ワッツアップ？　どうした？」

ラジオ体操を終えたビッグDが、俯く湊を覗き込んだ。

「お前、顔色悪いぞ？」

「……そんなことないっすよ。じゃあ、俺、もうちょっと乗るんで」

湊はそう言うと、逃げるようにしてビッグDに背中を向けた。

嫌な予感がした。額や首元に滴るものが海水なのか汗なのかわからない。

もしかしたら俺は、本当は気が付いていたんじゃないのか？　なのに気づかないふりをしていたんじゃないのか？　そんな疑問が頭をよぎる。

海に向かって走りながら考える。最後にエアリアルを飛んだのはいつだ？

「……嘘だろ……」

吐息が漏れた。最後の瞬間は、明確だ。あのとき、湊が大怪我をして一度サーフィンを捨てたあのときやろうとした技。それはなんだったのか。

膝の力が抜けていく気がした。海に入っても、水に拒まれている気がした。

俺は、あのときエアリアルを狙った。ロデオフリップを習得しようとしたんだ。波の上空で縦回転を決めるロデオフリップは数あるエアリアルのテクニックのなかでも最高難度とされ大会で決めれば喝采があがるほどの大技だ。でも失敗し、膝を壊した。

そのときの記憶が、リアルな痛みとともに脳裏をよぎる。

そんなはずはない。たまたまだ、たまたま跳ぶ気になれなかっただけだ。しばらくサーフィンを離れていたから、ブランクがあったから。だから忘れていただけだ。

ボードを海面に投げ、そのうえに腹ばいになる。パドリングをして、沖に出る。

出来る。出来るさ。リッピングだってフローターだってもう一度マスターしたんだ。エアリアルだって出来る。俺は元々エアリアルが得意だったんだ。最初に出来たときだって、珍しく一発で成功したくらいだ。

波が押し寄せてきた。手ごろなサイズとうねりだ。加速し、波にあわせ、ボードに立つ。そのまま長めに滑り、波のフェイスを駆けあがっていく。

ロデオフリップなんて無茶は言わない。ただ跳ぶだけでいい。当然出来る。波の頂点にボードの鼻先が達した。あとは、ここからボードを浮かせて蹴りあがるだけでいい。そうすれば波の力が体を飛ばしてくれる。

今、今だ。ここだ。行ける。飛べ。

「……っ……」

びくん。自分の体からそんな音が聞こえた気がした。波に叩き潰され、深い傷を負ったときの記憶で頭がいっぱいになる。同時に全身が硬直し、轟く波の音がやけに大きく聞こえた。膝が軋《きし》むような感覚があり、視界が白で埋まる。

「――――ぁ」

次の瞬間には、湊はボードから放りだされていた。腹を海面に打ち付け、そのまま波に飲まれ、上下の間隔がわからなくなる。洗濯機に放り込まれた靴下のようにぐちゃぐちゃにかき回されたあと、なんとか浮上し、コードを手繰ってボードにしがみつく。それが、精一杯だった。

「……はぁ……はぁ……はぁ……」

おかしい。そんなはずはない。今のは失敗とかそういう問題じゃない。

「……もう、一度……」

次の波を待ち、同じことを繰り返した。波の頂点に駆け上がり、離水。それができず、海中に叩《たた》き落《おと》される。次も、その次も。

失敗には慣れている。そのたびに何が悪かったのか、どうすればいいのか考えて、修正してきた。でもこれは違う。テクニックとかタイミングとか、そういうことじゃない。ムキになって繰り返し、何度目かわからなくなる。それでも結果は同じ。踏み切る直前に体と心が凍ってしまい、波はそれを許してくれない。ただ、叩きつけられ、突き落とされる。

そのうち体力が尽き、ボードにしがみついたまま動けなくなってしまった。

わかってしまう。何故自分はこれまでエアリアルを忘れていたのか。いや、忘れたふりをして、無意識のうちに避けていたのか。何故今、跳ぶことができないのか。

わかってしまう。これはきっと練習で解決できるようなことじゃない。いや、やりたくないんだ。そう感じてしまっている。

「……冗談じゃねぇぞ……」

小さく、呟いていた。ボードの上でさざ波に揺れる体が小刻みに震えているのがわかる。自らを包む海の温度が下がった気がする。

「………俺は……」

俺は、怖がっている。あのときの記憶が、そうさせている。向き合うことを、無意識に避けていたほどに。

跳ぶことに怯えている。サーフィンの世界に魅せられたきっかけであり、とても大切な瞬間だったエアリアルを。憧れ、目指していたものを。体が震えて動けなくなってしまうほどに恐れている。

練習が辛いと思うことはあった。上手くできなくて悔しいと思うこともあった。海が怖いと感じたことだってなかったわけじゃない。でもそれ以上に、楽しかった。好きだった。だからこうして今も海にいる。一度失ったときだって、恋しくて仕方がなかったことに気づかされた。

なのに。

今は違う。なによりも怖くて、だから動けなくなった。

今は跳ぼうとすらしていないのに、ただボードにしがみついて浮いているだけなのに、怖い。さして海面は荒れていないのに、嵐の海に感じる。相棒であるはずのボードがそれに浮かぶ木の葉のように思える。

「……かっこわりいな、俺……」

順調にいってる？　そういうことにしてただけだろ。

大会で復帰？　跳ぶことのできないサーファーが？

湊は陸の方に視線を向けた。そこには湊の荷物があり、スマホもある。途中ですずが目覚めたときのために、沖が見えるように立てかけている。

しかし湊は、すずが目覚めていなければいいな、と思った。

そしてそう思った自分に、腹が立つ。

自分のなかにある海が、荒れたのを感じた。沖からの風でガタガタに波が崩れたオンショアの海、ありもしないそんな風景が、心に浮かぶ。

諦めたくはない。だけど俺は。

この海で、波に乗ることが出来るのだろうか。

春の大会は、もう間近に迫っていた。

※※

年が明けるころには、すずがスマホに現れる時間は一日に六時間程度まで減っていた。

それは彼女が言った通り、スマホから出て元の体に戻る前兆が進んでいるということだとすれば、望ましいことだ。そしてそれはある意味では湊にとってありがたくもある。

すずには、知られたくなかった。筋力やテクニックをつけていき、ゆっくりではあっても確実に進んできたから。少なくともすずはそう思っているはずだから。

実際には恐怖に縛られていた自分が情けなかった。すずに心配をかけたくなかった。

そしてなにより湊が恐れているのはこういうことだ。

もし、俺が跳べなかったら、そしてそれをすずに気付かれたら、すずはどうなるんだ？

湊を立ち直らせるためにやってきたというすずの話が本当だとしたら、彼女はいつまでもスマホに縛り付けられたままだ。それだけはダメだ。知られるわけにはいかない。プロジェクターに映ったすずに触れたときに感じた壁の感触。すずの寂しそうな声。それを覚えているから、湊はすずに相談することはしなかった。

変わりに、すずが眠っている間に、あらゆる手を尽くしていく。

スポーツドクターにもかかった。専門的に言えば、湊が抱えている症状はイップスというものに近いそうだ。恐怖心や極度の緊張が筋肉を硬直させてしまう症状。アスリートにはままあることだが、湊が抱えるもはそのなかでもかなりの重症だといえた。

膝におった回復不能なダメージ、それによって一度はサーフィンを諦めた過去。それが重すぎるから、同じことが起きる可能性に無意識に怯えているのだ。サーフィンをやりたくてたまらない心が、サーフィンを遠ざけている。

克服のためには、結局恐怖を克服するしかない。だから湊は、さらに練習を続けていた。あれだけ練習したのだから大丈夫だ。そういう自信をつければ、跳べる自分を信じられれば、きっとできる信じて。

そう思ってさらにハードな練習を重ねた。それに様々なことを試した。カウンセリングや他のスポーツ、イメージトレーニング、はては催眠療法などでさえ。早く解決しなくては、すずと約束している春の大会に間に合わない。焦燥を抱えながら、毎日毎日駆け回った。

だが、それでも海に出ると、跳ぶことができない。何度やっても結果は同じ。

苛立っても嘆いても硬直する体は変えられなくて。そのたびに海面に叩きつけられる。

一方、すずがいるときはエアを試さない。彼女が見ているのは、あくまで順調に復帰へと進む湊だ。

そんな日々はそれでも進んでいき、気が付けば二月が始まっていた。

今朝は波の状態が悪いこともあり、湊はスケートパークにきている。持っているのはいつものサーフボードではなく、スケートボード。サーファーは陸上でのトレーニングにはスケートボードを使うこともある。

「あっ、こういうとこテレビで見たことある気がする！」

スマホのなかでもコートにマフラーという冬服姿になっているすずが、スケートパーク内の一角をみてそう声を上げた。今は目覚めている彼女の希望で、スマホはポケットのなかではなくアームバンドで湊の腕に固定している。

「へー。サーフィンの練習ってスケボーもやるんだね。あれ？　なんか手すりとかの上を滑るヤツやるの？」

初めて来た場所でテンションが上がっているのか、すずの声は朗らかだ。湊はがしがしと頭を掻いてから答えた。

「んにゃ。あれは専門でやってねぇと無理。俺がやるのはコレ」

そう言って指差したのは、いわゆるハーフパイプである。円筒を半分にして横倒ししした形状で、その内側を滑走するセクションだ。

「わかった！　こうシュワーって滑って、端の方でグワッてジャンプするやつ」

「エアーな」

「そうそうそれそれ。知ってたし。ん！　じゃあ頑張って！」

すずはそう言って、握った拳を突き出した。湊は頷き、ボードを置いてそれに乗る。重心移動によってハーフパイプ内の斜面を往復し、徐々に速度を増していく。

「きゃー！　速い！　速いよ湊くん！　あっははは！　ふははっ！」

すずはジェットコースターでは笑うタイプの人だったらしい。彼女が加速感やGを感じるのかはわからないが、スマホカメラ越しに見える世界が目まぐるしく動くのが新鮮だったようだ。

すずが楽しそうにしていると、少し嬉しい。湊は一瞬だけここしばらく悩んでいたことを忘れられた。だが、それではいけない。

「……次、跳ぶぞ」

十分に速度が乗ったところで、湊はハーフパイプの端に目線を向けた。あそこまで言ったら、跳ぶ。怪我も怖いことだし、軽くだ。とりあえず、跳ぶことができればいい。

「……しっ！」

拍子抜けなほどあっさり、湊は空を舞った。たいした高さのジャンプではないが、それでもごく普通に、何気なく。

「わひゃー！」

すずの歓声を聞きつつ着地。スムーズに成功。今度はパイプの反対側で、もう一度跳ぶ。これも成功。今度はボードをグラブする余裕すらあった。

「いぇーい!!」

無言でトリックを決める湊の代わりに、すずははしゃいでいる。だが、エアが決まるたびに、湊の心に黒く冷たいものが広がっていく。また反対側でジャンプ、空中で回転を入れることが出来た。

そんなことを何度か繰り返していく。そしてハッキリしたことがある。

スケートボードとサーフィンには共通した要素がある。片方の選手がもう片方の競技をある程度こなせるのはそのためだ。そして湊は、スケートボードでなら、陸上でなら跳べたのだ。グーフィーのスタンスに慣れ、ボディバランスや筋力の向上もあったことから、昔よりも高く跳べている。

もちろん波の上で決めるエアーとここでのジャンプは違う。必要なスキルも異なる。だが、それでもわかってしまう。湊の体は、跳べるはずなのだ。

それがわかったのに、今想像しても海で跳べる気がしない。

恐怖で体が固まるのがわかる。

「……っと」

六回目のジャンプでしくじり、湊はハーフパイプの上を滑るように転がった。上手く受け身もとれたので、どこも怪我はしていない。だが湊は座り込んだままでいた。

「……ははは……」

額に手を当て、空を仰ぎ見る。澄み切った空が、あまりにも遠く感じた。冬の空気よりも乾いた笑いが、漏れてくる。

「？　湊くん？　大丈夫……？　け、怪我とか……！」

アームバンドにつけてあるスマホから、おろおろとした声が聞こえた。見ると、すずが心配そうな表情を浮かべている。

「いや大丈夫。なんでもねぇよ。ははは」

そう、なんでもないのだ。だからこそどうしようもない。出来ることはすべてやった。体は出来ている。反射神経もバランス感覚も体幹も、テクニックだって問題ない。なのにできない。大好きだったことが、あんなに得意だったことが、できない。これ以上、何をどうすればいい？

「ホント？」

「ホント」

「ホントにホント？」

すずは、らしくもない笑い続ける湊をじっと見つめてきた。大きな目、丸い瞳、純粋な視線。湊はそれを見ていられなくてスマホから視線をそらした。

もう、間に合わない。いや、仮に期間があっても同じことかもしれない。

「ホントにホントにホ……」

「ホントだっての」

真実を言えば、きっとすずは心を痛めるだろう。そしてまるで頭を撫でるような言葉をかけてくれるだろう。それはしたくなかった。

「それより、今日はもう練習あがるから。写真撮りにいかねぇ？」

湊は、ふと切り出してみた。誤魔化すようでもあったが、実際前から考えていたことではある。

「？　写真？　なんで写真？」

「お前の海とか空とかの写真、なんかイイ感じだから。ＳＮＳとかにアップしようぜ」

「おお？」

すずは小首を傾げた。しかし、声が弾んだのがわかる。すずは写真が好きで、おそらくちゃんと勉強をしていたのだろう。そういう人は多くの人に作品を見てもらいたいものだと思う。スマホに宿ってしまい人との交流がなくなってしまったすずだからなおさらだ。

スマホのカメラでは出来ることに限界があるので、一応はすずが宿ることの出来るデジタルカメラもこっそり買ってある。

「いいの？　ホント？」

「今日しつこいな。ホントが多いぞ」

「だって、湊くんSNSはあんまりやりたくないって言ってたから」

「お前のアカウント作ればいいだろ。俺は言われたところに行ってカメラ構える以外はなんもしねーよ」

「……なんで？」

「気分転換だよ。年から年中サーフィンしてたら疲れるし、ほかにやることもねーから」

「……湊くん」

自分がすずのために出来ることはもうこれくらいしかないから。その気持ちは隠して。

湊はすずの反応が気になって、ちらりとスマホに視線を向けた。彼女は俯いていた。

しかしすぐに顔を上げて、それから跳びあがった。

「やったー！　ひゃっほーい！　その手があったか！　わーい！」

弾むような小躍りをしつつ、すずははしゃいでいた。わざわざ一度溜めてまで、大喜びだ。そんな様子をみていると、もっと早く思いついておけば良かったと湊は思う。

「よーし！　じゃああそこ行こう。あの山の上の展望台的な！　名前忘れた！」

「湘南平《しょうなんだいら》？」

「それだっ！」

びしっ！　と人差し指をさすすずに、湊は苦笑した。信之にでも車を借りようと思う。

「んじゃまあ、行きますか」

湊はそう言って立ち上がった。すずは何やら出発のテーマ曲らしきものを歌っている。

これでいい。

湊はすずに嘘を吐くと決めた。すずがスマホに宿っている時間はどんどん短くなっている。このまま春の湘南ブルーオープンを迎えて、そこで自分が上手く嘘を吐くことが出来れば彼女はスマホから解放されるはずだ。

簡単だ。大会では、これまでに出来るようになったことだけをやり、エアーは跳ばない。それで、満足したふりをする。立ち直ったのだと嘘を吐く。

不器用な自分でも、なんとかやってみせる。

だからそれまでの間、彼女が喜ぶことをしてやりたいと思う。さんざん支えてくれたすずだから。せめてそれくらいはしたい。そんな時間を湊も覚えていたい。彼女がいなくなってしまう前に。

情けないと思う。カッコ悪いと思う。エアに憧れてサーフィンを始めたばかりのころの、少年時代の自分に申し訳ないと思う。

でもすずがこのままでいるよりはずっとマシだ。

それに、出来る限りのことはした。もう限界だ。サーフィン自体は趣味として続ければいいし、それくらいには上達した。きっと楽しくやっていける。

十分だ。十分なんだ。

大会が終わるころには、すずはいなくなる。それを現実のものとして認識し始めた時から、湊の心のどこかには小さな穴があいた。その穴はだんだん大きくなっていき、穴を吹き抜ける風の音が聞こえ始めている。だけどその音には気づかないふりをして。

「ゴーゴー！」

「へえへえ」

湊は賑やかなすずをポケットに入れて、歩き始めた。

冬の空気は冷たくて、吐息が白く息づいた。

※※

湊がサーフィンの練習のかたわら、すずと一緒にあちこちに写真を撮りに行くようになってから数日が過ぎた。今日もそれは同じで、横浜《よこはま》まで足を延ばしてきたところだ。いつもと違うのは、今日はすずと二人だけではないということ。

「今日楽しかったねー。みーくん」

「まあ、それなりに」

助手席に座る湊に、信之が話しかけた。わざわざ車を出してまで『おれも行きたい！』と言っていた信之なので、楽しかったのなら良かったな、とも思う。スマホのカメラロールにもいつもより賑やかな写真が増えた。

「しかしお前、余計なこと話すよな……」

「余計なことって？」

「昔のこととか」

信之の運転する車は、見慣れた湘南の海沿いに差し掛かった。夜の海は凪《な》いでいるが、車と並走するように江ノ電が走っている。だから、湊は電車の音に負けないように少しだけ声のボリュームを上げた。

「えー？　だってすずちゃんが知りたいって言ったんだぜ？」

「そうだけどよ」

当のすずは、今はスマホの中から姿を消している。帰るまではもつかと思ったが、また時間が短くなっているようだった。

すずが言ったのは、タイプの違うように見える湊と信之がずっと親しくしているのは何故？　というものだ。湊は言葉を濁したが、信之は普通に答えて少し驚いた。

信之が小学校高学年から中学にかけて、一部の同級生男子に嫌われていた。というか、あれはもはやイジメだった。それは今考えれば、昔から女の子にモテる信之への嫉妬によるものだったのだろう。湊は心底くだらないと思っていたが、幼馴染である信之が落ち込んでいるのはイヤだったので、ただ彼を海に誘った。バカの一つ覚えだ。

周りにはいろいろ言われたがすべて無視して、信之と一緒にいた。ただ、それだけ。今のように親しくなったきっかけはそんな些細なことだ。なお、信之はスポーツとしてのサーフィンにさほどハマることはなく、海でもモテモテな自分に開き直って自信がつき、軽くなり、チャラくなり、いつでも自然体な今のような感じになった。

と、いうようなことを聞いたすずは、やたらと目を輝かせて喜んでいたが、湊には少し居心地が悪かった。

「そんなたいした話でもねぇし」

「いやいや。おれは今も感謝してるのよ、みーくん」

話の流れではあるが、あらためてそういうことを告げられるとやや困る。湊は言葉を詰まらせ、信之も珍しく照れたように黙った。

夜の車内はゆっくりと進み、少しの時間が立って、信之が口を開いた。

「だからおれはさ、みーくんには協力したいと思ってるけど。……いいの？」

信之はフロントガラスを見つめたままで、だから湊も助手席の窓のほうを向いたまま答える。

「……いいよ。ってか、他にどうしようもねえし」

湊が信之に頼んだのは、エアーが跳べなくなったことをすずには隠しておくこと。そして、大会ではそのままライディングに臨み、復帰したのだと、満足したのだと嘘を吐くことだ。その嘘に、信之ものってもらう必要があった。

「そっか」

車が信号でとまり、夜の海鳴りが小さく聴こえてきた。短く答えただけの信之が本当に言いたいことは湊にもわかる。すずがその嘘を知れば、きっと哀しむ。でもだからこそ隠し通さなければならない。

「……けどホント、すずちゃんって、なんなんだろね」

「俺が聞きてぇよ。お前はどう思ってるわけ？」

「んー。あ、ちょっと待って。お腹空《なか》いたから、あそこでなんか買っていい？」

信之が指し示したのは、ロードサイドにあるテイクアウト専門のサンドイッチ店だった。湊は頷いて答え、それぞれにサンドイッチを購入。信之はBLTサンドを手にしつつも、車内には戻らなかった。駐車場に止めた車のボンネットの上に座り、サンドイッチの包み紙を開いていく。

腹が減ったというのは口実で、実際のところ信之は車を止めて話したかったのだろう。それが分かった湊は、車体にもたれるようにして信之の隣に並ぶ。海沿いのサンドイッチ店の駐車場には他に人気がなく、二人の視線の先には黒く染まった海がある。

まだ温度の残るグリルドチーズの包み紙を湊が破いていると、信之が改めて口を開いた。

「やっぱり、すずちゃんはどこかにいる誰かなんだと思うよ。その子は、みーくんの傍に行きたいと願ってた。みーくんが立ち直る助けになりたいと願った。でもなにかの事情でそれはできなかった。スマホに宿ったのは、そんなすずちゃんの願いが、少しだけ聞き届けられた結果、とか」

信之はサンドイッチの包み紙を開きつつも、そこで手を止めていた。

「聞き届けられた？　誰にだよ」

湊もまた、グリルドチーズを手に持ったまま疑問を挟む。

「前に話してたじゃん。江ノ島の天女と五頭龍の伝説」

ようやくサンドイッチを一口食べた信之がそう言って笑った。湊はああ、とだけ答える。たしかに、江ノ島の神社で詳しく知ったその伝説について信之に話したのは湊だ。別れで終わった天女と龍の恋。真摯な恋の願いを叶えるきっかけを与えてくれるという天女。湊自身、どこかひっかかっている話でもある。とはいえ。

「ファンタジーすぎるだろ。理系のくせに」

「科学者ってのは案外ロマンチストなんだぜ？　ニュートンだって、神様の存在を確信してたらしーし」

湊は、言葉に詰まった。天女が願いを叶えてくれた、なんて、湊からすればやはり信じがたい話だ。ただ、事実として不可思議なすずはたしかに存在する。

「ほら、みーくんの働いてる店、ＦＩＶＥ　ＨＥＡＤって名前だし？」

ＦＩＶＥ　ＨＥＡＤ。五つの頭。それは伝説の龍の名でもある。

「ただの偶然だろ。なにしろあのテキトーなオッサンがテキトーにつけた名前だぞ」

そう答える湊。だが湊の心のどこかにも、もしかしたらという思いがあるのは事実だ。

無意識のうちに、湊の指先がポケットの中のスマホに触れた。

生身のすずの願いが叶った。その魂だけが湊のスマホに宿り、サーファーとしての復帰のために力を貸してくれた。湊もその想いに応えたくて、自らを鍛えて、大会にエントリーした。だけど。

湊は、そこまで考えて、何も言えなくなってしまった。そんな様子に気が付いたのか、信之が小さく呟く。

「それにさ」

隣を見ると、信之は顔を上げて、海のほうに目を向けていた。

「あの島を見ていると、そんな奇跡が起きても不思議じゃないかな、って気がする」

信之の視線の先には、暗い海の向こうに浮かんでいるように見える島がある。天女のいる場所とされる江ノ島。明るい月に照らされたその島は美しく、どこか幻想的だ。

しかし、湊は信之と同じようには感じられなかった。

「……俺は、そんな風には思えねぇよ」

奇跡という言葉は、劇的で幸せな結末を連想させるものだと湊は思う。だが、跳ぶことのできない自分がサーファーとして真の意味で復帰することはないだろう。そしてそれをすずには隠し通すつもりだ。出来る精一杯のこととして。

すずはもうすぐ『元に戻る』と言っていた。それは、天女とやらの力が与えた時間に限りがあるからなのか、それともすず自身が湊の復帰を近いと感じているからなのか。

いずれにしても、情けない湊自身のせいですずの本当の願いは結局叶うことはない。

タイムリミットはもうすぐそこで、二人で過ごした不思議な日々は終わる。

それは、奇跡とは呼べない結末に思えた。

きっかけはきっかけのまま、奇跡という形で結ぶことはなかった。

「寒ぃ」

強い風が吹いて、湊は肩をすくめた。春は近いが、夜はまだ冷える。

湊は手に持ったままのグリルドチーズの存在を思い出し、一口かじりつく。

アツアツだったはずのグリルドチーズは、すっかり冷めきっていた。

「しっかりしなよ」

そう言って湊の肩を軽く殴った信之の拳だけが、やたらと熱く感じた。

※※

湊くんのプロ引退のニュース記事は、探せば二つだけ出てきた。どちらの記事も彼の引退の理由を怪我ではないかと語っていたけど詳細まではわからない。

サーフィンというのは趣味としてはともかく、競技としてはそれほどメジャーなものじゃないからかもしれないけど、ずいぶん軽い扱いだ。

だけど、私にとってはもちろんそうじゃない。

あのニュースを見かけた夜は、眠れなかった。

あんなに懸命にサーフボードに乗っていた人が引退するほどの怪我というのは、どれほどのものなのだろう？　彼は、どんな気持ちでいるのだろう？　悔しくて悲しくて泣いていたりするんじゃないか、想像すると苦しかった。

私は容体の悪化のせいでずっと海に行っていない。その間に彼に何があったのだろう。あの海に行っても、もう彼の横顔を見ることはできないのだろうか。

知り合いでもなく、一度も話もしたことがない相手。一方的に知っているだけの相手のことをこんなに心配するなんて、普通に考えたらおかしいのかもしれない。だけど、毎日を死に向かって緩やかに過ごしていた私にとって、彼は特別だった。

真摯に波に向かう彼に励まされた。だから写真のことを真剣に考えたし、怖くてたまらなかった手術を受け入れる決意ができた。いつか会えたらいいなと思えて、生きたいと願った。勇気を、くれた。ありがとうと伝えたかった。

彼は私のことをなにも知らなくても、私にとっては恩人で、そして好きな人だ。

いざこうなってみると、後悔ばかりだ。まだ元気だったときに、話しかければ良かった。積極的に、元気に、多少ウザがられたってかまわない。好きだよ、って言えたらどんなに良かっただろう。ありがとうって伝えられたら、どれほど素敵だろう。

今の私には、きっと苦しんでる彼に出来ることは何もない。彼は私を救ってくれたのに、私には苦しいほどに、なにもない。手術の日は間近に迫っていて、それで死ぬかもしれない私には。

あんまりだ。と思った。死がこんなに身近に迫ってきていて、それでも勇気を出した。もし死んでしまっても胸を張って逝くんだと思えた。彼の前途に幸があってほしいと願っていた。なのに。

来週に手術を控えた日の朝。少しだけ調子の良かった私は家を出た。と、いってもすぐ近くにある境内へ行くだけだ。それ以上のことは、許されなかった。

もう、祈ることしかできない。そういう意味では、実家が神社で良かった。言ってて哀しくなるけど、たしかにそれは良かったことだ。

春の朝は、皮肉なほどに澄み切った青空だった。いっそ大雨のなかお参りできたら、気が楽になったかもしれないのに。

境内にあるご利益についての説明書き。五頭龍と天女の伝説。

貴方の恋の願いが真に切なるものであれば、この社が祀る天女はそっと力を貸してくれることでしょう。それは小さな奇跡です。ですが、それはあくまできっかけに過ぎません。願いを叶えるのは、貴方の勇気と想いなのです。

これは巫女《みこ》だった私のおばあちゃんが書いたものだそうだ。

私は本殿の前に立ち、願った。神社の娘のわりに信心深い方じゃなかったくせにムシがいいとは思うけど、でも。ここに天女がいるというのなら、どうか。どうか。

お願いします。お願いします。

手をあわせ、ぎゅっと目をつぶり、ただそれだけを。

もし天女さんが聞いたら、何を願うんだよわかりやすく言え、と言われちゃいそう。

だけど、色々な想いが溢れ出しそうで、わけがわからなくて。ただ一心に願うことしかできなかった。

私が来年も生きられますように。湊くんが立ち直ってあの青い世界に戻れますように。

いつか、彼に会って想いを伝えられますように。そして。

勇気を出すチャンスをください。

きっと、言葉にすればそういう願い。

どれほどの時間をそうしていたかわからない。

朝の境内はとても静かで、鳥の囀《さえず》りと遠くの潮騒が聞こえるだけ。

一瞬、風が吹いた。木々を揺らし、頬を撫でる風。子どもの頃から過ごしていたここでは、かつて感じたことのないほど清涼で柔らかな流れ。それは、いつの間にかずいぶん伸びてボブではなくなっていた私の髪を小さくなびかせた。

だけど、ただそれだけ。

その願い叶えてしんぜよう、なんて言葉は聴こえてこなかったし、相変わらず私は具合が悪い。自分でも驚くほど体力が落ちていて、立っていただけなのに呼吸が荒くなっている。指先が震えて、力が入らない。……まるで死にそうな人みたいだ。そしてそれは事実だから、より一層バカみたいだ。

私は、そっと境内を出た。涙が出そうだった。

最後に、最後にもう一度だけ、あの海に行こう。そう決めた。

※※

サーフショップＦＩＶＥ　ＨＥＡＤの閉店時間。珍しく午後のシフトに入っていた湊は、手早く閉店作業を終え、ドアのプレートをＣＬＯＳＥに替えた。自分のボードのメンテをやってから戸締りをして帰る、ビッグＤにはそう告げていたので店に残ったのは湊一人だけだ。

湊はメンテナンス用の道具とボードを手に店のウッドデッキに出た。木造りのアウトドアテーブルセットがあるそこは、広さもあってボードのメンテナンスがやりやすい。

湊はテーブルに店のパソコンを置いた。今日すずは朝は現れていたが昼からは姿をみせていない。最近の彼女は、一日のうちに数回の眠りと覚醒を繰り返すようになっている。だから多分そろそろ出てくるだろう。パソコンは、彼女が目覚めたときのためだった。

辺りは夜。太陽が海に溶け、喧騒《けんそう》が消えた時間帯。視線をテーブルからあげれば空と同じ色になった海がみえる。何か音楽でも流そうか、湊は少しだけそう思ったが、やめておいた。静かさを際立てる波の音を聞いていたかった。

椅子に座り、膝にボードを載せる。そしてワックスをかけていく。これは海に入る直前に塗るワックスとは異なり、ベースコート、つまりは下地となるものだ。最初はまんべんなく薄く、それから円をかくように。この作業も、今までどれだけの回数やってきたのかわからない。

湘南ブルーオープンは明日に迫っていた。湊は予選二組目に出場することになっている。朝の予選を通過すれば、午後のセミファイナル、そして明後日《あさって》のファイナルと進む。

「……どうなることやら……」

湊は一人呟いた。

大会に出るのはとてもひさしぶりで、まともなライドが出来るか心配だ。

そして、上手く嘘をつけるかどうかも。

ワックスを塗る作業を続けていると、ポケットに入れていたスマホが振動した。すずかと思ったが、違う。メールがきていた。

メールの主は日本プロサーフィン協会の運営側にいる知人だ。

「ああ……」

湊はぽつりと呟いた。メールは湊がプロサーファーの資格を失ったことを心配する内容だった。

世界的には珍しいことだが、日本でプロサーファーとして活動するには資格がいる。プロトライアルを通過し、プロ本戦の認定ラウンドを勝ち上がることで公認プロの資格を得られるのだ。そしてその資格は更新が必要で、更新をしていなければ失効してしまう。

湊はつい先月期限だった資格更新を行わなかった。文字通り、その資格がないと思えたからだ。少し前から、結城湊の名は日本のプロ一覧から消えている。

メールの主は怪我や病気なのか、と問いかけている。

たしかに、怪我はした。しかしそれはもう二年近く前のことだ。

事故のことも怪我のこともわざわざ人に言って回るようなことでもなかったので、あえて公にはしていなかった。スポンサー企業や身近な範囲で知っている人もいるという程度のことだ。小さなニュースくらいにはなっていたかもしれないが、怪我がどの程度のものかというところまでは明かされていなかったはずだ。

だが今回プロ資格を失ったことでそれを知る人も多くなっていくのだろう。

本当は、あの事故のときに失っていたもの。それが目に見える形となっただけだ。あがきはしたが結局、失っていたものは取り戻せなかった。そういうことだ。だけど、あがいたことは無駄じゃない。おかげで、プロではいられなくなっても、波には乗れる。実際、明日の大会だって、アマチュアとしてだがエントリーできているのだ。

プロの大会でのひりついた空気、限界まで高めた自分で海を駆ける感覚、思い描いた高度なライドが出来たときに熱くなる胸。そんなものはもう忘れればいい。

自分でも不思議なくらい、湊の心は凪いでいた。

案外、物事を諦めるというのはこういうものなのかもしれない。ゆっくりと少しずつ死んでいくかのように。そしていつかは自分がそれを目指した気持ちさえ、忘れてしまう。

望むように生きるためには懸命さが必要で、だけど懸命さだけでは足りない。

湊が吐息を漏らすのと同時に、ウッドテーブルに置いてあったパソコンのモニタに灯りがつく。

「ただいまー」

すずは右手を振り、湊に笑いかけた。ゆっくりとメンテナンスをしていたため、夜ももう遅い。すずは早朝のサーフィン練習のときにすこし現れていただけなので、いよいよ残り時間も無くなってきたのかもしれない。

「あ、ボードのお手入れ中？」

「おう」

「……明日だもんね。大会。なんだか、早かったな」

「だな。そういや、変なヤツがスマホに出てきてから、明日でちょうど一年だ」

きゅっ、きゅっ。ボードにワックスをかける音と、それに重なる二人の声。ざわざわと聴こえ続ける波のリズムとそれらがあわさると一つの曲のように感じられた。もう聴き慣れた曲だ。

「ところで結城選手、湘南ブルーオープンにむけて、自信のほどはどうですか？　ずいっ」

すずはマイクを握るように手の形を作り、画面のなかから向けてきた。湊はあえて笑顔を作り、答える。

「そっすね。ブランクを考えるときびしいところもあるかもしれません。予選を通過することが目標ですね。それが出来れば復帰できたと言えるかと思います」

これも、嘘だ。だけど、そう言っておく必要がある。

「……んー」

すずは、そんな湊の返事に小さく首を傾げた。だが、それも一瞬のことで、すぐにアナウンサーの物真似《ものまね》に戻る。

「なるほど。ここで予選通過という成果をひとまず残し、さらなるステップの礎とする、ということですね！」

無邪気に微笑むすず。湊は曖昧に笑い、ただ頷いて見せた。

きゅっ、きゅっ。ざわ、ざわ、ざわ。会話が止まると、また音だけが響く。湊にとっては、これが湘南の音だ。だが、今夜のそれは、やけに寂しい。

「……でもよかった。湊くんの大会まで、ここにいることができて」

すずは独り言のようにそう口にした。独り言のようなので、湊は口を挟まない。いや、何も言うことができなかっただけかもしれない。

「もう、長くは留まれないと思う。分かるんだ、私」

すずは後ろ手を組み、画面のなかから夜空を見上げるように顔をあげた。

彼女がスマホに現れる時間は日に日に減っていき、昨日よりも今日のほうが短い。たしかにこのままのペースでいけば、明後日にはゼロになっていてもおかしくはない。それに『湊が復帰すればすずは元に戻る』という予感を信ずるのならば、湊がすずに示す嘘は最後のトリガーになるはずだ。すずがスマホから消えるの同時に、どこかで眠っているすずの体がその日に目覚めるのかもしれない。

すずと一緒に過ごす夜は、きっとこれが最後になる。そんな気がした。

そして、そのことを自分がどう感じているのかもわかっているが、湊はそれをすずには伝えなかった。彼女がここに留まる動機になってしまうといけないから。

諦めてしまったヤツなんかに、いつまでも付き合わせるわけにはいかないから。

「……ねえ、湊くん」

塗り終えたワックスの余りをふき取った湊を、すずが見つめていた。

「あん？」

すずは画面のこちら側に手を伸ばすようしたが、それをもう片方の手で止めて胸を押さえた。逡巡するように目を伏せる。

「……私がいなくなっても……ちゃんとゴハン食べなきゃだよ。毎日ハンバーガーばっかとかはダメ。……うん、私が、いなくなっても」

ただの、食生活についての注意。そのはずなのに、その言葉はとても切実な色を帯びていた。まるですずが泣いているように感じられたのに、顔を見れば彼女は笑っている。

でもその笑顔は、どこかいつもと違う。頬に雫《しずく》が伝っていても、不思議じゃない表情。

私がいなくなっても。すずは、自分が同じことを二回繰り返したことに、気付いていないようだった。

「わかってるっての。ってか、そんなに心配なら元の体に戻ったあと、確かめに来ても別にいいぞ」

湊は、不確定なはずの未来に希望を込めてそんな軽口を叩いた。

「……そうだね、そうできたら、いいね」

すずはそう答え、唇を噛《か》んだ。俯き、伏せた瞳は湊には見えなかったが、それが濡れているように思えた。

「どうしたんだよ」

すずが湊から視線をそらしたのは、一瞬。すぐに顔をあげたすずの表情は、いつも通りのものに戻っている。

「……んーん。なんでもない。それよりホントにもう一年かー、いろんなことがあったね」

「まあな」

ワックスのメンテを終えた湊だったが、席を立つ気にはなれなかった。

「夏に花火したりとか、クリスマスにドラえもんスペシャル一緒にみたりとか」

「そこだけ言うと小学生みてぇだな」

すずは柔らかく笑って、とても短く感じた一年の思い出を話し始めた。湊もときどき相槌を打つ。振り返ると、ほんとうにたくさんのことがあった。

サーフィンや大学、バイトだけじゃない。なにしろ、ずっと一緒だったのだ。

花見をしようぜと言いだしたすずに応えて、信之も交えて三人で飲み会してみたこと。

夏祭りを見に行きたいといったすずに付き合って好きでもないリンゴ飴《あめ》を買ったこと。

ハロウィーンのランタンを作りたがったすずのせいで三日間かぼちゃ料理だったこと。

呑気に電子書籍を読むすずの傍らで大学の課題をやったり、電車で移動するときはすずがセレクトしたミュージックリストをイヤフォンで一緒に聴いたりもした。

スマホのカメラロールにはすずが撮った写真がいっぱいで、その中には青い世界に写る湊の横顔がいくつもある。

そんな日々は終わる。スマホにはもう新しい写真は増えないし、こうしてすずと一緒に過ごすこともない。すずが元の体に戻ったとしても、再会することがあるのかわからないし、彼女はスマホの中にいた日々を忘れてしまうのかもしれない。だけどきっと、すずのためにはそれがいい。

明日がこなければいいなんて思わない。だけど。今夜が、もう少しだけ続けばいい。

湊はそんな風に思って、しかし口には出さなかった。

それから、他愛もないことをいくつか話して、それから最後にすずは言った。

「明日、応援してるね」

湊はボードをカバーに入れるためにすずに背中を向けて、ただ片腕をあげてみせた。

## 世界一ブルーなグッドエンドを君に

湘南ブルーオープンでは、複数のマリンスポーツの大会に加えて、音楽のライブや様々なイベントなども行われる。飲食ブースやステージも設置されることもあり、『海のお祭り』とでも呼ぶべきものだ。これは三日間に渡って開催されるが、湊の参加するプロアマ混合のサーフィン大会の予選はその初日の早朝から行われる。

湊は早めに会場に入ることにした。いつも練習しているビーチからは少しだけ離れた鵠沼《くげぬま》のビーチ、そこで大会が行われる。

サーフィンにおいては『ヒート』と呼称される試合の組み合わせ。今大会の予選、湊は二組目である第2ヒートに出場することになっている。

もう少し時がたてば飲食ブースも開き、人出もどっと増えるはずの海辺だが、今はまだそれほどでもない。予選段階ということもあり、見かけるのは競技参加者やその関係者、一部のサーフィン好きの観客の姿程度だ。ステージのオーロラビジョンもいまだ画像を映してはいない。

本部テントで受付を済ませ、ゼッケンをもらう。途中、ほかの参加者たちの話す声が聞こえた。

「あれ、結城湊じゃない？」

「プロ資格失効したって聞いたけど」

「最近怪我したって噂《うわさ》だけど……」

目があった相手には頭をさげて挨拶をし、しかしそれ以上話すことはない。競技スタートの前に海のコンディションを確認する。低気圧が遠くにある関係から、波の調子がよくサイズも大きい。これなら、スムーズなライディングができるかもしれない。

しばらくその場で待機。間もなく大会の開始が宣言され、第1ヒートに出場するサーファーたちが海に出るだろう。

開会式が終わり、湊が準備運動を始めると、アームバンドで腕に付けているスマホが点灯した。

「おはよ、湊くん。調子はどー？」

「悪くない」

「昨日はよく眠れた？」

「おう」

「忘れ物ない？」

「昨日さんざんチェックしたろお前」

朝日が照らすビーチで屈伸運動をしつつ、そんな会話をする。湊は出来るだけ明るく、そして強気に聴こえるよう努めた。

そのうち、信之がやってきた。

「ふぁーあ。ねみーよ、みーくん。なんでサーフィンってこんな朝っぱらからやんの？　駐車場がすいてたのはいいけど、マジ眠い」

欠伸《あくび》を押し殺す信之にすずがおはようと答え、こう続ける。

「早起きは三文のトク！」

「三文って百円くらいなんだよ。おれは百円もらうより寝てたいよすずちゃん」

そんな軽口を叩きつつ、しかし時間に間に合わせてきてくれた信之に湊は感謝した。これまでのこともあるし、そのうちこの幼馴染にはちゃんとお礼をしよう、と思う。

「朝早くから悪いな。ほれ、これ」

湊はとりあえずそう言うと、スマホとスマホ用の望遠レンズをあわせて信之に渡した。いつもなら砂浜に置きっぱなしのスマホだが、大会だとそうもいかない。

「ＯＫＯＫ。預かりましょう。今度なんか奢《おご》ってね」

「わかってるよ」

「みーくん、おれキャバクラ行ってみたいなー」

「それはダメだよ湊くん！」

そんな無駄話をしているうちに、第1ヒートがスタートした。ビーチのあちこちに設置されたスピーカーから競技の様子を伝える実況が流れ、ステージのオーロラビジョンでは技をメイクする姿が映し出されている。

「そろそろ出番だわ」

湊はごく自然に二人にそう告げた。信之にだけは、目でこう伝える。

わかってるよな？

信之には事情も意図も伝えてある。信之も目で答えた。

わかってるよ。

「……おれが言っても、仕方ないからね」

「なんだそりゃ」

そんなやりとりに不思議そうな顔をしたすず。だがもう時間だ。湊は表情筋を意識的に動かして笑顔を作りボードを手に取った。

「行ってくる」

それだけを伝えて、海に向かって歩き始める。もう、表情を作る必要はない。

「が、頑張れ！　ファイトー！　すずちゃんがついてるぞ！」

背中越しに聴こえる声。それは緊張からか、少し震えていた。さくさくと音を立てて歩く砂浜は、まだ少し冷たい。第2ヒートはすぐそこにあるのに。

湊はふと思った。どうしてサーフィンでは出場組のことをヒートと呼ぶんだろう。長年サーフィンをやってきたのに、そんなことも知らない。

もしかしたらヒートとは、熱、という意味なのだろうか。だとしたら、今の自分とはかけはなれたものだ。そう感じる。

誘導にしたがい、ボードを渚《なぎさ》におろし、腹ばいになる。それからゆっくりとパドルを開始する。

〈第2ヒート、まもなく開始です。ここでの注目はまずゼッケン9、結城。大会に出場するのは約二年ぶりとなります！　手元の情報では、彼は……〉

まだ岸から離れていないので、ビーチでの実況が聞こえる。余計なことは言わないで欲しかったが、ライディングさえうまくいけばどうにかなるだろう。

湊は力を抑えたパドルで沖に出た。いくつかの波を見送り、乗るべき一本を見極める。久しぶりの大会だというのに、相変わらず心は凪いだままだ。

競技としてのサーフィンでは、決められた時間内に乗った波のうち、高得点となった二本の合計点で総合得点が算出される。今回の競技時間は十五分、焦る必要はない。

極端に大きかったり、角度のついた波には手を出さないと決めていた。

リスクをおかさず、確実に決められる乗りやすい波に乗る。少し前ならアグレッシブにいったところに行かない。心に波が立たないように、しかし表面的には滑らかに見えるように。

〈そういえば、結城のスタンスがグーフィーになっていますね。怪我の噂もありましたが、それによるスタンスの変更でしょうか〉

波に乗り終えて岸に近づくたびにときにはまた実況が聞こえた。

〈スタンスもですが、ライディングもかなり変わったようにみえます〉

当然エアリアルには挑まない。挑めない。ターン主体でマニューバをこなしていく。アップスで緩やかに横に進み、ターンを刻み、一応の見せ場ではローラーコースターを入れる。いずれも派手さや豪快さを求めることはしない。

御しやすい波を、淡々と御していく。慎重に丁寧に、細心の注意を払って。

それを悟られぬよう、技をメイクしたあとには大袈裟《おおげさ》にガッツポーズを入れたりもする。表情を全力で和らげる。仏頂面とよく言われる自分にしては、上出来だ。

〈今のフローターは良かったですね。結城も笑顔をみせています。少し大人しいマニューバですが、ブランク明けとスタンスの変更ということもあって、満足そうですね〉

八本目の波に乗ったときには、そんな言葉が耳に入った。悪くない論評だ。

海水がやたらと重い。空は曇っている。凪いだものが、凍り付いていく。

少し動きを止めて、同じヒートに出ているサーファーたちのライディングを見る。実績や動きから、湊は一応上位につけていることがわかった。予選はなんとか通過できるだろう。

ただ機械のように動き続ける。波はただの海面の上下運動であり、そこに特別な意味などない。ただ機械のように動き続けろ。

苦しい。息が苦しい。そんなはずはない。苦しくなんかない。俺は今、この一年の集大成となる波に乗っているのだから。それをすずに見せるのだから。苦しいはずがない。

異常に長く感じた十五分が過ぎた。

湊は緩いパドルで砂浜に上がると、髪についた雫を払う。そして、満足気に吐息を漏らしてみせる。あちこちから拍手があがった。

怪我によるブランクとサーフスタイルの変更を余儀なくされても、今できる最大限のライドで見事予選を通過してみせた。誰もがきっと、そう思っている。

上手な演技だった。そのはずだ。

ゼッケンを返し、すずと信之の元に戻る。そういえば、ヒート中には一度も彼女たちの方を向いていない。

信之がスマホの画面を湊に向けた。そこにはおかしいくらい真面目な表情のすずが映っている。

「見たか！　完璧だったろ！」

湊はそう言って、片腕をあげてみせた。結城湊は復帰した。そう伝えたのだ。

だが、すずは黙ったままだった。何かを言おうとして、しかし唇を嚙む。

「みーくん、すずちゃん返すよ。おれはちょっと……そうだ。ナンパしてくる」

「は？　いやおま……」

「だってせっかく海来てるし？　ほい」

信之はスマホを返すと、立ち去り際に湊の肩に手を置いた。

「おれはイケメンだから無粋はしないの。……　すずちゃんはお前のこと、ちゃんと見てたよ。ちゃんとね」

肩に置かれた手に力がこもった。少しだけ痛いほどに。そのまますれ違い、去っていく信之に声をかけたが、彼は後ろ手をあげただけだった。

「なんだアイツ……？」

湊はそう口にして、すずの映るスマホに視線を向ける。すると、ちょうどすずの頰あたりに水滴が落ちた。それはまるで、彼女が流した涙のように。

一滴、二滴。湊から滴った海水ではない。見上げると、雨が降りだしていた。

「うわ」

雨はあっという間に勢いを増し、辺りの人々は次々に屋根を求めて歩き出す。第４ヒートを中断する放送も入った。すずと話す関係上、湊たちは人の多い場所から離れていたため、ここからテントや飲食ブースに雨宿りに行くのは遠すぎる。

湊はあたりを見回し、今はシーズンオフとなっている海の家を見つけた。そのテラスにひさしもあり、店が閉まっているため人影もない。ひとまずそこへ駆《か》け込んでいく。

「……いきなりだな……。信之も、これじゃナンパなんて……いや、あいつなら雨宿りで横にいた人でも口説くかもな」

なんとかたどり着いた海の家のテラス。湊は頭を振って雨水を払った。

「すず、大丈夫か？」

「……うん。だってほら、このスマホ、防水だし」

すずの言葉は沈んでいて、いつもの元気がない。

「いきなり降ったな。でも、天気予報でもとくに言ってなかったし、すぐ止《や》むだろ」

「……そうだね」

「それより見た？　俺のヒート。ブランク明けな上に逆足であそこまで出来れば上出来だろ」

「実況でも言ってたね」

「そうなんだよ。この半年、相当練習したしな。結城湊バージョン2ってやつだ」

「うん。すごく頑張ってた」

「あー、なんだ。色々サンキューな。筋トレのときとかスパルタ過ぎてひいたけど、それで体幹強くなったし。すずのおかげなとこもある」

「そんなことないよ」

「雨、ますます強くなってるな。決勝の時間が心配になってきたわ。ああ、そういえば腹減ってきた。あとで焼きそばでも食おう」

「……うん」

湊は、ずっと陽気に話し続けた。だが、すずの顔はすぐれない。口数も含めて、まるで、いつもとは逆になってしまったようだ。テラスの外は豪雨で、すずの声がよく聴こえない。それでも、湊は笑顔を崩さない。スマホを直視せず、横顔がすずにみえるように。

「でさー、俺………」

「湊くんは」

なおも話題を振ろうとした湊を、すずが遮った。小さく、だがよく通る声。どこか決意めいた色を感じさせるそれは静謐《せいひつ》な響きを持ち、湊の視線を奪った。目をやったスマホの画面では、すずが膝を抱えて座っている。

「なんだよ」

「湊くんは、さっきのサーフィン。楽しかった？」

湊の呼吸が止まった。笑顔も崩れそうになった。だが、なんとかこらえてみせる。

「そりゃ楽しかったよ。狙った通りに乗れたし、それに点も取れた。あー、そうだ。これで、俺は復帰したって言えると思う。うん……楽しかった」

「だったら」

すずは立ち上がった。拡大された彼女のバストアップが映り、その眼差しが湊を射貫《いぬ》く。

「どうして、そんなに苦しそうなの？」

心の柔らかい部分を撫ぜられたような感覚。ずきりと、どこかが痛んだ。

「……んなことねーよ。お前だって言ってだけど、俺はいつも仏頂面のヤツなんだよ。けど、今は違うだろ？」

そう言って、表情を作る。口角をあげるべく動かした頬の筋肉が、硬く感じられた。

「わかるよ。湊くんが無理してるってことくらい。今日だけじゃないよ。少し前からずっと。……サーフィンをしてても、楽しそうにみえなかった」

「だからそれは、俺が楽しいときも楽しそうに見えないヤツだからってだけで……」

湊は慌てて誤魔化そうとしたが、出来なかった。すずの瞳があまりにも澄んでいて、そして濡れていたから。

「そんなことない。私にはわかったもん。難しい技が出来た時ホントにちょっとだけ笑うことも、ちいさく拳を握ることも知ってる。だって、ずっと見てたから。そんな湊くんを、好きになったから」

スマホを持つ手が、震えた。このビーチにいる人々は騙《だま》すことができたのに、たった一人を欺くことができなかった。一番、悟られてはいけない相手に、知られてしまった。

「どうして？　私を元に戻すため？　だから立ち直ったふりをしたの？　これからもあんなに辛そうに、サーフィンを続けるの？」

湊は何も答えられなかった。どうして騙されてくれないんだ、そんなことばかり考えてしまう。

俺はもう跳べない。だから本当の意味で復帰することなんてない。だけどここまで支えてくれたすずにそんなことが言えるわけがない。

すずは言った。自分は湊を立ち直らせるためにスマホに宿ったんだと。

なら、嘘をつくしかない。幸い、それくらいのことは出来るくらいの力はつけた。

俺はもう立ち直った。そう伝えて、そう示して、すずが満足して、安心して俺から離れて。それから彼女の人生を取り戻すことができればいい。そのためなら。そう思っていたのに。

「そんなの、やだよ」

すずが絞り出すように告げた言葉は、激しい雨音のなかで浮かび上がるように響いた。

狭いテラスの外側は叩きつける雨で白く染まり、海の向こうにあるはずの江ノ島がぼやけている。あの島で彼女と話した時とは、なにもかも違っていた。

ただ真っすぐな、すずの想いだけが、変わらずそこにある。

スマホを握る手に力がこもるのを感じながら、湊はなんとか言葉を絞り出す。

「……もしかして、実況とかネットでなんか言われてたからか？　あんなのは別にどうでも……」

話しながら言い訳を考えたから、上手く言えていない。すずは、湊の言葉を遮った。

「プロ資格なんてどうでもいいよ！　エアなんとかも跳べなくたっていいよ！……ホントは良くないし、どうして話してくれなかったのかなって思うけどそうじゃなくて……！」

すずは目に涙をためていた。それが悲しみによるものなのか、怒りによるものか、あるいはほかの感情によるものなのかはわからない。

だが、湊自身もまた、名づけることの難しい感情が高ぶり、声を荒げてしまう。

「……なんなんだよ！」

雨が斜めに降りだしたせいで、テラスの屋根で遮れなくなった粒が湊の顔を濡らした。

本当は、こんな言い方なんてしたくないのに。すずとの最後の一日を、こんな風に過ごしたくないのに。

もう、嘘を吐き続けることはできなかった
「プロもエアリアルも、俺にとっては重いんだよ。重かったんだよ……！　だけどどうしようもねぇんだよ！　だから諦めたんだ！……それがどうでもいいなら、何が悪いってんだ！」

「湊くんは！」

まるで二つの波がぶつかることで海面に強い飛沫が上がるように、すずの叫びは強さを増していく。

「……湊くんは、本当にそれでいいの？　自分に嘘をついて、大好きなことを諦めて⁉」

堰《せき》を切ったように、湊の感情はとまらなかった。

「いいんだよ！　どうにかしてほしいって俺が一言でも言ったかよ！　別にプロサーファーじゃなくたって生きていける！　他の生き方なんていくらでもあるしサーフィンはほどほどに続けりゃいいだろ！　なんで他人に強制されなきゃいけねぇんだ！　それともなにか？　プロサーファーじゃない俺には存在価値がないのかよ！」

口にするたびに自分の体中が切り裂かれる言葉を、叫ぶ。

「そんなわけないじゃん！　いいよ、ホントに湊くんがそうしたいんならいい。納得してサーフィンを辞めて、それから他の生き方をみつけて前向きになれるんなら応援するよ。でもそんな風に見えないもん！　必死にそう思い込もうとしてるだけだよ！　下手くそな演技して笑っちゃって、バカみたい！」

すずもまた、涙声をあらげている。

前にもこんな風に喧嘩《けんか》して、言いあったことがあった。だけど、あのときとは違う。やるだけやった。本当に懸命にやった。でも届かなかったんだ。怖さは、懸命さだけで克服できるものじゃない。自分がそうしたいと願っても、それだけじゃ足りないのだと知った。

そうした思いが、苦しさが、湊に決定的なことを口走らせた。

「お前は俺を立ち直らせるために来たっていうけど、俺が頼んだわけじゃねぇだろ……！　余計なお世話なんだよ！　……もう、いい。もう十分だからさっさと……」

自分がどれほどひどいことを言っているのかがわかっても、言葉が溢れていく。

やめろ、続きを言うな。本当は真逆のことを願っていたくせに。

心のどこかにそんな気持ちがあるのに、ガタガタに荒れた心の波がとめどなく押し寄せてきて、止められない。

「元の体に戻れよ……！」

言い切り、息を弾ませた湊は、すずから視線をそらした。そうせずにはいられなかった。すずは、黙ったままだ。

雨はさきほどより弱くなっていた。砂浜や海面に落ちる雨粒が、さあさあと音を立てる。その音だけが、二人しかいないテラスに染み込んでいく。無音よりも、強い静寂がそこにあった。

どのくらいそうしていただろう。静寂を破ったのは、呟くようなすずの声だった。

「私には、戻るところなんてないよ」

ぽつり。意図せずに漏れたかのように聞こえた言葉。

少し遅れて、湊は彼女が伝えようとしていることを理解した。その可能性を感じながらも、見ないようにしていたシナリオ。

すずの口調は穏やかだった。彼女は、いつからそれを知っていたのだろう。きっと、どこかの時点で、でもそれを隠して。

絶句する湊は、スマホに視線を戻した。すずは、力なく微笑み、続けた。

「ホントの私は、もう死んでるから」

雨の音は、聞こえなくなった。

※※

翌日に手術を控えた春の日。私は無理を言って外出することにした。珍しく体調も良かったし、どうしても行きたいところがあったから。

午前中に降っていた大雨もやんだし、きっとあの場所には今日もとびきりの海と空があるはずだ。これが最後になるかもしれないから、私はそれを撮っておきたかった。

写真の技術を学び始めた。未来を見つめる勇気ができた。

もちろん、ちょっと頑張った程度の技術なんて全然未熟なものだけど、それでも、これは私が生きた証だ。

日々弱っていく体といつ止まるかわからない心臓を抱えて、ゆるやかに死んでいくだけだった私が、勇気を持って生きた証。勇気をくれた人に出会えた証。

そして願わくば、あの綺麗な青い世界で、もう一度だけあの人の姿を目にしたい。ううん、会いたい。

今度はきっと大丈夫。ビビりな私を乗り越えて、ちゃんと話しかけて、知り合いになって、それからまたね、って言って別れて。そしていつか再会できたら。

……なんてことが叶う確率が低いのはわかってる。彼の怪我と引退のニュースは観ていたから。それに、早朝でも夕方でもない時間には、彼はあまりいなかったから。

いつもの砂浜には、全然人影がなかった。小さな女の子とその母親が二人、砂山を作って遊んでいるだけ。

こんなこと初めて。なんで今日に限って？　不思議だ。

もちろん、彼もいない。ちょっとがっかりした。胸が疼いて、これは感情的なことなのか、それとも症状の悪化なのかわからなくて、情けない。

だけど、いいこともあった。

それならそれで、とカメラを取り出して、ファインダー越しに見つめた世界は、これまでで一番綺麗だった。世界一綺麗な青だと思えた。

なのに、急に視界がぼやけた。瞳に分泌されたものが滲《にじ》んだせいだ。そうなるまで、自分が泣いていることに気が付かなかった。

涙は生温かい。生きてるんだって思える。今はまだ。この温かさは、明日の手術のあとでも流すことができるかな、なんて考えちゃって、もっと視界がぼやけた。

滲んだ青は神秘的で、この風景をそのまま撮りたくなっちゃったくらいだ。

なんとか涙を止めて、またファインダーをのぞき込んだ。

「……あ」

それに気がついて、私は一人で声を上げた。深く鮮やかな空の青、きらきらと輝き流れる海の青、そんな中に、別の色が見えた。

空を横切るようにして引かれた直線。赤、橙《だいだい》、黄、緑、青、藍、紫、虹と同じ七色の光が、水平に浮かび上がっていた。

空を撮るために色々勉強した私は知っている。あれは、虹のようだけど虹じゃなくて環水平アークという別の現象だ。初めて見た。日本でも見ることのできるものだけど、それは夏至前後が多いそうだし、あれほどハッキリと輝くようにみえるのはきっととても珍しい。しかも、なかなか消える気配がない。

「……やったぜ」

私は、強がりも含めてそんな声をあげて、カメラの角度を上げた。海と空と虹色の直線を、どうにかおさめたい。

それにしても、最後の日にこんなことが起きるなんて、少しはいいこともあったな、って思って、また泣きそうになるけど我慢しなきゃ。

私は一度ファインダーから視線を外して、俯いた。

しばらくしてから、もう一度カメラを構えようとして、前を向く。

また、あることに気が付いた。今度はさっきのような素敵なことじゃなくて、とても恐ろしい光景だ。

さっきまで砂浜で母親とで遊んでいたはずの小さな女の子が、海のなかにいた。

慌てて辺りを見回す。女の子の母親は、娘を探しているの砂浜の少し離れたところをキョロキョロしながら歩き回っている。おそらく母親が目を離したすきにあの女の子は波打ち際の一人で行き、そして波にさらわれてしまったのだ。女の子は、バシャバシャと水をかくが、しかし岸の方向に進むこともなく、沖へと流されていく。きっと、足が届いていない。

溺れかけているのだとわかった。周囲には私しかいない。あの女の子の母親に声をかけるにしても、遠すぎる。

私は、気が付けば駆け出していた。途中で足をとめかけて、でもやっぱり走った。

大丈夫。あそこは私なら足が届く。病気だけど、泳げないわけじゃないし、運動神経だって本当はいいほうなんだ。

「――ダメッ……！」

怖いけど。怖さに負けたときに後悔することを私は知っている。

勇気を出したいって思った。生きているから、生きていくから。

波打ち際を踏み越えて、海に入った。思ったより、波が強い。立っている砂が、どんどん持っていかれる。大丈夫。そこまで行って、助けて、それから。

水をかき分けながら進む。とっても重たい。ときおりやってくる波が頭を覆ってきて、息が止まる。思うように進めない。水深がどんどん深くなっていく。

さっきよりも、あの女の子が沖にいる。流されてしまっている。もっと急がないと。

私の体は、哀しいほどに弱々しくて、あっという間に疲れ切ってしまった。足はとっくについていなくて、カッコ悪い犬かきで進んでいる。私が湊くんなら、もうとっくにたどりついているのに。

だけど、もうすぐそこだ。女の子は、もう暴れていなかった。ぐったりと浮かんでいる。意識をうしなってしまったのかもしれない。

間に合って。間に合って。お願い、間に合って。ただそれだけを願う。

私は、死ぬということを人よりずっと考えてきた。とても暗くて、寒くて、怖い。だから、目の前で誰かがそうなるのも嫌だ。本当に嫌だ。あんな小さな子が、私がやっと覚悟したことを突きつけられるなんて、耐えられない。

ばちゃばちゃ、ばちゃばちゃ。

私は死んでもいいからあの子を、なんてことは思わなかった。でもあの子のことを見捨てようとも思わなかった。ただ無我夢中で女の子の服を掴み今度は岸に向かって泳いだ。

ばちゃばちゃ、ばちゃばちゃ。

呼吸が苦しい、心臓が痛い。海水を飲んでしまって、気持ちがわるい。波が重たくて痛い。だけど、だけどもう少し。

苦しい、苦しい、苦しい。なんとかたどり着いた波打ち際。私は、最後の力を振り絞って女の子を砂浜にむけて押し出した。

かすむ視界には、砂浜に横たわる女の子の姿が映った。胸が上下に動いている。呼吸をしている。

ああ、良かった。

全身の力が抜けた。また、波がきた。もう立っていられない。

ばしゃ、ばしゃ。

全身が海に浸《つ》かった。後ろに引き寄せられる感覚があった。

体が動かない。また波がきた。今度は明確に、飲まれたのがわかった。足がつかない。

鼓動がうるさいほどに聴こえて、同じくらい水の音がする。苦しい。苦しい。

やみくもに腕を動かそうとする。何かを掴もうと、あるいは泳ごうと。だけど状況は変わらない。もがいてももがいても、どこにも行けない。いつの間にか、沖の方まで流されてしまっている。

ばしゃ、ばしゃ、ばしゃ。

どっちが上なんだろう。海面に顔をだしたい。息が吸いたい。でも手足が動かない。

苦しくて、口をあけた。入ってくるのは、海水だけで、肺にまでそれが侵入した。むせて吐き出したくても、それすらもできない。

唐突に理解した。

私は、死ぬんだ。

病気の進行でもなく、手術の失敗でもなく、ここで。

苦しい。

まさかそんな終わり方だとは思っていなかった。

苦しい。苦しい。

心を奪われた青い世界で、死ぬ。それは病院のベッドで死ぬよりはマシなのだろうか。

ううん。そんなことはいい。私は、死にたくない。死にたくない。生きていたい。

しゃ、ばしゃ。

最後の力を振り絞って、泳ごうとした。ほんの少しだけ体が浮いて、また沈んだのがわかった。

終わった、と感じた。

もう、身体のどこにも力が入らない。うるさかった鼓動さえも小さくなってきた。

後悔がない、なんて言えない。だってまだ十九歳だ。

もっと早く、ひたむきになれればよかった、勇気を出せばよかった。でも最後の方は、頑張れたかな。せめてそれだけは胸を張ろう。

あと、もう一つ。結局、一度もちゃんと会えなかった好きな人。今苦しんでいるのかな。もしそうなら、励ましてあげたかったな。この青い世界で、君が輝けるように。

視界が黒く染まった。光がささない、暗闇だ。

最後に手を伸ばしても、何にも届かない。

伸ばした手を、そっと戻した。

私は沈んでいく。私の命が、消えていく。

やっぱり、死にたくないなぁ。

そう思いながら。私は、堕《お》ちていった。

※※

すずの話を聞き終えた湊は、文字通り言葉を失った。

「……それが最後の記憶だよ。それから気づいたら、湊くんのスマホのなかにいたの。本当は最後まで言うつもりじゃなかったんだけどな……」

目を伏せてそう語るすずの語ることが、信じられなかった。いや、信じたくなかった。

「……で、でもさ、最後には良いこともあったんだよ！　ほら、環水平アーク！　あれって超レアな現象だし！　生きてる間に見られて良かったなって！」

黙っている湊を気遣ってか、すずがはしゃいだような声を上げた。たしかに、今話に聞いたその気象現象は珍しいものなのかもしれない。毎日のように海に出て空をみている自分が知らなかったことからしてもそれがわかる。だが、今はそんなことどうでもいい。

「……待てよ、死んだって決まったわけじゃ……」

湊はなんとか、そう口にした。そうであってほかったから。だが、すずはゆっくりと首を振った。

「誰もいない海だよ？　湊くんなら、わかるでしょ」

わかる。わかってしまう。いつも訪れていたあのビーチのことは誰よりも知っている。

そこで一人溺れてしまった状況がいかに絶望的かということも。

いつか湊が見た夢。あのビーチで水平な虹にカメラを向けていたすずの姿、それは、最期の日の光景だった。絶望的な、その真実。

落ち着け、自分にそう言い聞かせて、すずの告白を整理していく。

すずが思い出し、話してくれたのはあくまでも断片的な記憶。だが確実に起きたこと。

生身のすずは、サーフィンをしている湊を見かけた。これは事故の前のはずだ。つまり湊が十九歳、大学一年生の夏から秋にかけて。

すずが手術を決意したのち、湊の怪我を示唆するニュースが出た。このニュースを湊は知らないが、事故の直後だとすれば大学一年の冬。

事故のあと湊はサーフィンをやめ、大学二年の年を過ごした。そして大学三年の春、すずがスマホに現れた。

すずが、もうとっくに死んでいた。スマホに現れた日から一年以上前に。今日この日から見れば二年前に。

その事実は、湊の心情に反して、これまでにあった一つの疑問に解をもたらす。

何故、昏睡状態にある女の子がみつけられなかったのか。それは、死人を探していなかったからではないのか。
「……いつ、思い出してたんだよ」
湊は拳を痛いほどに握りしめ、尋ねた。すずの様子は、ずっと前から真実を知ってい
たかのように見える。
「江ノ島に行った日、彩雲を見たよね、あのときに。……黙ってて、ごめん」
あの夕焼けのなか、すずは何かを言いかけてやめたことが思い出された。
そしてわかる。環水平アーク、死んだ日にみたその現象が、記憶を取り戻すきっかけ
となったのだ。
「なんで……」
湊はそう言いかけて、口を閉じた。『なんで』から始まる疑問は限りないが、それよ
りも切実なことがある。
「……じゃあ、すずは俺のスマホから消えたら、どうなるんだ……？」
湊はスマホをテラスのテーブルにそっと置き、額を押さえて尋ねた。
「……言った通りだよ。もとに戻る。本当の私はもう死んじゃってる。もう、どこにも
いないはずの人間なんだよ。だから……あはは」
すずは力なく笑った。それは、諦めた者の微笑みだとわかる。湊自身がそうしていた
もの、そしてすずのそれははるかに深刻で、哀しい微笑み。

死んだ人間の魂が一時的にスマホ宿った。宿った物がスマホじゃなければ、都市伝説や怪談で聞いたこともある物語。そしてそうした物語の結末はいつも同じだ。消える。この世界のどこからも消える。それが正しいことだから、それが死者の辿るべき運命だから。

「そんなバカなことが、あるかよ……！」

湊はテラスの柱を殴りつけた。それが何にもならないことはわかっていても、そうせざる得なかった。

「……スマホのなかで過ごしたこの一年はきっと、神様がくれたおまけみたいなものだと思う。ほら私、病気で可哀想《かわいそう》なハッコーの美少女だったからさ！　……でも、もうそろそろおしまいみたい」

すずの口調は落ち着いていた。いつものように、元気のいいジョークなんかも混ざっている。湊なんかよりずっと苦しいはずなのに、やりきれないはずなのに、それでも。

「私、スマホにいる時間が短くなっていったでしょ？　やっぱり死んだ人間がいつまでもいるのっておかしくて、限界が近づいてきたってことなんだと思う。……実はずっと……今も、ホントは消えちゃいそうなんだけど、頑張ってる」

えへへ、と照れたように笑うすず。真実を知ったときからそんな風に笑えるまで、彼女は何を思ったのだろう。湊には、想像もできなかった。

遠くから、サーフィンの実況の声が聞こえた。第4ヒートが始まったらしい。気が付けば、雨は小降りといっても差し支えない程度まで弱まっていた。

テーブルに置かれたスマホの中のすずは一度ビーチの方を向いて、それから湊に両手を伸ばした。まるで、赤子がそうするように。

「湊くん、だっこ」

湊は、もう一度スマホを持った。震えそうな指先を、なんとか抑える。

「いやー、バラしちゃった。ホントは、最期に消える時にメモで残そうかと思ってたんだけどね。だって、そうしないと湊くん、私に未練が残っちゃうかもだしね！　残念！生身のすずちゃんは一生かけて探してもみつからないんだぜー」

あっけらかんとした様子で湊をからかってくる口ぶり。もう慣れた彼女のそんな態度だが、湊はいつものように苦笑することができなかった。

そんな湊に、すずは困ったように笑った。

「そんなわけで、私はもうそろそろいなくなります！　だから……っ……」

すずは、俯いて両手で口元を押さえた。だがそれでも、溢れる感情によって湧き上がる温かい液体は、彼女の声を言葉を乱す。袖口でその液体を必死に拭う姿は、目をそらしてはいけない気がした。

うっ、ぐっ。呻くような吐息を漏らしたすずは、たっぷり十秒はあけてから顔を上げた。目は真っ赤で、顔のあちこちが濡れている。それでもすずは、笑っていた。精一杯に、賑やかに、一途《いちず》に。

「私は、ひたむきな湊くんが眩しかった。まるで本当に輝いているみたいで、あんな風に生きていきたいって思った。臆病だった私に勇気をくれたことに、とっても感謝してる！　……だから、もし貴方が苦しんでいたら私が助けたいって願ったんだよ」

すずは濡れた瞳を乱暴にこすり、鼻を啜った。

魂がスマホに宿ったのは、彼女の願いが起こした出来事なのかもしれない。だが、その願い事は、叶ったといえるだろうか。そうじゃないことは湊自身が誰よりも知っていた。

すずは一生懸命だった。誠実だった。勇敢だった。

残り火のような命が尽きていくことを知りながら、それでも。

俺は、結城湊は、どうなんだ。

自分にそう問いかける湊を、すずが見上げた。後ろで手を組んで上体をまげた彼女は、もう泣いてなどいない。

「これは、私のワガママ」

「……そんなこと、ねぇよ」

「ふふふ。そうだよ。湊くん、大好き」

「なんだよ、それ」

「これは、生きてた頃に遠くから見てた憧れだけじゃないよ。一緒に過ごしてきて、もっと好きになった」

「別に、好かれるようなことしてねぇだろ」

「それがそうでもないんだなー。色々お見通しなんだよ、私は。へっへっへ」

「へっへっへ、ってなんだよ。気持ちわりい」

こうして話していると、明日も明後日も、二人でいられるような気がして、でもそうじゃないことがわかるから、湊は奥歯を噛んだ。

遠くから聞こえる実況の声と、聞こえ始めた波の音が、彼女と過ごした日々を思い起こさせる。

すずが、スマホのライブラリを起動した。写真のデータだ。いつの間に撮影したのだろう。そこには、波を前にサーフボードを抱えた男の横顔が写っている。

「決勝には、また戻ってくるね、だからお願い」

すずは、そっと囁いた。それはまるで、大切な宝物を、みせてくれるような声。

「大好きな貴方の、大好きなところを、一度だけ見せて」

すずは、それだけを言うと画面から消えてしまった。

午前中の出現時間が、昨日よりさらに短い。午後にもう一度現れたとしても、きっとそれっきりだ。

すずの消えたスマホ画面は、無機質なアイコンが並ぶホーム画面を映し出している。

『すず』のアイコンすらも、透けているように見えた。

湊はスマホから視線を外し、空を見上げた。雨は上がっていたけど、曇り空だ。雲越しの光は薄暗くて、それを反射したかのように海も灰の色。

「……俺は」

湊は、一人になったテラスで、ぽつりと呟いた。

心に感じていた凪《なぎ》の海が、揺らぐ。

※※

大会は一時の中断のあとは、つつがなく進んだ。予選結果は出て、湊はなんとか決勝への出場を決めている。

予選の間には昼を挟んだが、湊は何も食べてはいない。とても、そんな気分にはなれかった。選手控え用のテントの下で砂浜に座って、時が過ぎていく。

ウェットスーツを脱ぎ、パーカーを羽織っている湊の胸ポケットにはスマホが入っているが、今はなんの音もしない。

視線の先には、美しく恐ろしい波。それに乗る競技者たち、そしてすべてを照らす太陽と、白く光る砂浜。

視線を外して、立てた膝に顔を埋めるように俯く。考えるのは、すずのこと。そしてこの一年彼女と進んできた道のり。

どうしてだよ。どうしてそんな風に言えるんだよ。

率直に思うのは、そんなことだ。

病気を抱えて、それでも前向きに生きて、死の恐怖と隣り合わせの手術も受け入れて、なのに死んでしまって、今まさに、スマホからさえも、世界のどこからも消えてしまうというのに。

彼女は、感謝していると言った。

湊自身は覚えてすらいない日常から勇気をもらった、と。

俺はそんなにたいしたヤツじゃない。怪我をして、それがよく分かった。

彼女が見ていたのは、ただ好きなだけで、怖さも痛みも知らずに波に乗っていた二年前の結城湊だ。そこにあった懸命さやひたむきさは、きっと本当のものじゃない。

「……関係ねぇよな、そんなこと」

湊は、あえてそう口にした。

それは、自分を奮い立たせるため。

関係ない。すずが恋をしたという結城湊が情けないヤツだってことは、自分がよく知っている。それでも。

やらなければならない。

湊は顔を上げた。再び、視線の先に海を捉える。

以前すずが言ったことばの意味が、今ならわかる。

『勇気を出せなかったせいで、大好きを失くした後悔は知ってる気がする』。それは言葉通りの真実だった。死んでしまっているすずには、もう時間がない。嘆いても、悔やんでも、取り戻すことのできないものがある。

そんなすずが、最後に望んだもの。

ひたむきに生きること、勇敢に挑むこと。まだ生きている俺が、歩いて行ける俺が、その願いを叶えないわけにはいかない。

もうすぐ、決勝が始まる。俺は、そのヒートでどう波に乗ればいい？

決まっている。今後プロを目指さなくたっていい。下手くそだっていい。それでも、やらなければいけないことがある。見せなければいけない姿がある。

それが、すずに出来る唯一のこと。少しでも心残りなく逝けるように。

この一年を支えてくれた彼女の願いを叶えるべきだ。一途な想いと恩にむくいるために。

そして。

「……それよりも」

もっと大切な理由が一つ。やっと、それに気づけた。

湊は、自分がおかしくて笑った。『やらなければいけない』とか『見せなければいけない』とか『べき』とか、それは全部いいわけだ。もちろん、そう思った気持ちは嘘じゃない。だけど、それ以上の理由がある。

とてもシンプルで、でもこれまで認めていなかった気持ち。すずがこの世界から消えてしまうという運命を突きつけられたことで、ようやくそれに気が付いた。

この気持ちが、もう一度跳べと叫んでいる。

湊の中の凪に立ち始めた流れは強くなり、いつしか波に変わっていた。大きく、強い波。乗りこなせば、きっと最高の波。呑まれれば、立ち上がれないほど強く叩きつけられる波。

自身のうちにあるそれに、膝が震えてしまう。

「ヘイ、ミナト！　ワッツアップ？　決勝の準備は出来てるか？」

そんな湊に声をかけてきたのはビッグＤだった。地元のサーフショップの経営者ということで、この大会では運営側に回っている彼は、湊の傍に腰かけた。どうやら休憩時間ということらしい。

「よくはないっすね」

湊は素直にそう答えた。頭の中は滅茶苦茶《めちゃくちゃ》で、そもそも跳ぶことへの恐怖は膨らんでいくばかりだ。だからというわけではないが、湊は気が付けばビッグＤに問いかけていた。

「……どうすれば、エアーが跳べますかね？」

思えば、ビッグＤに指摘されたことが、エアーが出来なくなっていることに気づいたきっかけだった。サーフィンにだけは真面目な身近な大人、手を貸すと言ってくれていた彼に相談をしたのはこれが初めてだ。よほど自分には余裕がなかったらしい。

ビッグＤは相談を受けたことが嬉しいのか、湊の腕をばしんばしんと軽く殴りつけてくる。

「そりゃミナト、エアーのコツは二つだけさ。一つは波のリズムを見切ること。もう一つは」

あえて言葉を区切るビッグＤは、湊が自分の顔に視線を向けるまで待ってから答えた。

「ブレイブハート。ＯＫ？」

ビッグＤはきらりと前歯が輝きそうな笑顔を浮かべている。ドヤ顔とかキメ顔とか、そうした種類の顔だ。嘘くさいネイティブな発音の英語のくせに、いいこと言ったなオレ、と思っているのがわかる。

湊は、自身の心情とのギャップがありすぎる中年男性のテンションに軽く吹き出してしまった。

「ヘイヘイ、どうしたミナト。ナイスアドバイスに感激か？　おっと、お礼はいらないぜ？」

さらに二発、腕を軽く叩いてくるビッグD。湊は何故だか、サーフィンを始めるきっかけとなったあのサーファーのことを思い出した。なんとなく視線を向けていただけの湊にエアリアルをみせた、もう顔も覚えていないあのサーファーのことを。

「ブレイブハート……」

ブレイブハート、勇気。それが必要なことは湊だって知っている。それをどうすれば手に入れるられるのか、問題はそこなのだ。

湊はよっぽどそう言おうかと思った。だが、意外にもビッグDのアドバイスは続いていく。

「どんなことでも輝くためには、ひたむきさと勇気が必要なもんさ。その中でも勇気ってやつはな、大切な誰かを想うときに一番強くなるんだぜ！」

グッ、親指を立ててまたしても例の顔をみせるビッグD。ゼ、がカタカナの発音だ。この人らしくバカみたいにクサい台詞《せりふ》。なのに、乾いたビーチに雨が落ちるように、吸い込まれていく。彼のセリフが、真実であればいいと思う。

「……ども」

だから湊は、素直に頭を下げた。頭を上げると、ビッグDは湊を見ていなかった。彼の視線は、海、その先にある島をみている。目を細めたその表情は、まるで何かを懐かしむように。

「……湘南では、ときどき奇跡がおきることとある。それは天女がいるからだ」

ビッグDの口調は、いつもとは違っていた。いつか、彼のこんな話し方を聞いた気がするが、いつだったのかはすぐに思い出せない。

いきなり飛び出した突拍子もない話。だが、それを聞き逃してはいけない気がした。

「ひたむきさと勇気があれば、奇跡はグッドエンドにつながるはずさ」

もう、いつもの彼に戻っていた。茶目っ気のアピールなのか、言葉の最後にはウインクまで飛ばしている。

「……グッドエンド、っすか」

湊は片目をつぶった中年男性にそう答えた。それは無理だと感じながら。

その時、ビーチに放送が入った。もう間もなく、決勝が始まるという合図だ。決勝の第3ヒートに出場する湊は、そろそろ行かなくてはならない。

「グッドラック」

ビッグDはそう言って、またどこかにフラフラと去っていった。

湊からすれば、あのオッサンは、いったいなにをしにきたのだろうとも思う。だけど偶然にも参考になることが聞けた。

ハッピーエンドは無理だ。すずの死が確定している以上、すべての願いは叶わない。未来には、苦くて憂鬱《ブルー》な結末しかない。だけど、バッドエンドにするつもりはない。

「……勇気か」

湊は、愛用の白いサーフボードを抱えて、渚へと歩み始めた。

ふと、パーカーの胸ポケットが振動した。

きっとこれが最後になる、すずが目覚めた合図だ。

「よう」

湊はスマホを取りだして足を止め、短く声をかけた。

「あ……。間に合った……？」

すずは、辺りを見回し、不安そうにつぶやく。

「ああ。出番の前に、聞いてほしいことがあるんだ」

湊は、手にしたスマホにゆっくりと語りかけた。すっかり晴れ渡った春のビーチは、大会の観戦客や選手でいっぱいで、彼らの視線が湊に集まるのを感じる。きっと、会話も聞かれるかもしれない。

それはこれから海にでる競技者としてはおかしな内容かもしれない。奇異に聴こえるかもしれない。だけど、時間もない。それにもう構わない。

「うん。何でも話して」

すずも同じ気持ちのようで、湊の言葉に耳を傾けてくれた。湊は、自分でも不思議なくらいに素直に、これまでのことを伝えていく。

エアーが跳べなかったこと、それは恐怖によるものであること、そのせいで諦めてしまったこと。情けないけど、すずには本当のことを話したかった。

すずは、一言も挟まず、ただじっと真剣に最後まで聞いてくれた。

「……ごめんね。私、なにも知らないくせに、ワガママ言って……だけど……」

ときおりしゅんと目を伏せてすまなそうな表情をさせてしまったことが、歯がゆい。

湊が一番番伝えたいことは、これからだ。

「俺は、決勝でエアーに挑むよ」

それが、今できる精一杯のことだ。すずに勇気を与えたというういつかの日のように、ただひたむきに、輝くために。

すずは、湊の静かな宣言を受けて、胸に手を当てた。彼女のことだから、前向きな誓いを喜んでくれてもいる一方で、自分のために無茶をさせてしまうことを申し訳なく思っているのだろう。すずは、そういうヤツだ。

湊は、スマホに映る彼女の額をタップした。顔をあげろ、そんな意味を込めて。

「私のために！　とか思っただろ」

「だって……！　……うん」

すずは、指先をもじもじと絡ませた。いつも賑やかで能天気なくせに、本当は意外に繊細だということも、知ってる。

「違うからな。そりゃ、世話になったお前の希望を叶えたいってのはたしかだし、心置きなく成仏させるために、っていうのもあるけど、エアーに挑む一番の理由はそういうことじゃねぇから」

湊はぶっきらぼうにそう言って、スマホを目の高さまで持ち上げた。

ふと思い立って、カメラを起動してみる。すると、すずも意図を理解したのか、レンズが映す砂浜の光景に重なって見せた。カメラ越しにみると、すずがそこに立っている様に見える。

こうしたのは、覚悟を決めるため。今から恥ずかしいことを言う自覚はある。

すずはよくこんなことを言えたな、と思う。

だけど、もう今しかない。すずと話せるのはこれが最後だけど、最後だからこそ。

エアーなんて、今も出来る自信はない。怖い。それなのにこんなことを言うのは、本心を口にすることで、自分を奮い立たせるためだ。

「うん？　湊くん？」

スマホに映るすずは細い首をかしげた。その丸くて大きな瞳に、吸い込まれそうになる。

これからすずが消えてしまうことを考えると、涙が出てしまいそうだ。だけど、そんなわけにはいかない。最後まで、こうして、これまでと同じように。普通に。

すずは、言った。大好きな人の大好きなところを、一度だけみせて、と。

ビッグDは言った。勇気は、大切な誰かのために強くなるのだと。

だから俺は。俺がもう一度跳びたい理由は。

湊は、目の高さをあわせたスマートフォンに、その中にいる人に、まっすぐに伝えた。

「俺はただ、好きな女の子にカッコいいところを見せたいだけだよ」

海風が止んだ。打ち付ける波の音は聴こえるが、それでも湊の言葉は渚に溶け込むようにして、世界に漏れた。もちろん、手にしたスマホのなかにも。

すずは、もともと大きな目をさらに大きくして、間抜けにみえるほどに口を開いている。体はまるで動画がフリーズしたように固まっている。ただ、瞬きだけが繰り返された。

何秒がたっただろう。湊にはやたらと長く感じられた静寂がすぎ、すずはやっと声を発した。

「わお」

二文字の音。意地でも目をそらさないと決めていた湊の瞳には、みるみる頬を染めていき、しまりなく口元を緩ませるすずが映った。

「マジでー？　あ、もう一回言って！」

「やだよ」

「そこをなんとか」

「やだっての」

「えへへ、いやー、そっかそっかー。うんうん。なんか暑くなってきた、ふう」

スマホのなかの気温がかわるとは思えないが、すずは自らを扇《あお》ぐようにして手のひらをばたつかせた。その間にも、デレデレと笑いながら照れて、そのくせ湊を茶化している。

湊は、自分はいつも以上に厳しい表情になっていることを自覚していた。ただ、耳は赤くなっているかもしれない。こんな状況でも、人は普通の反応をするものなんだな、なんて、冷静な部分では考えながら。

たとえ気持ちを伝えあっても、未来はない。それは二人ともわかっている。

だけど伝える意味がないなんて、誰にも言わせない。

〈間もなく決勝第3ヒートの開始時間となります〉

実況の声が聞こえた。ビーチ中央のオーロラビジョンでは、第2ヒートの採点結果が表示されている。時間だ。

言うべきことは言った。あとは、ただ。

「あー、探したぜみーくん」

どこからか様子を窺っていたかのようなタイミングで、信之が顔を出した。イケメンは無粋をしないらしい。

「おお。んじゃ、よろしく」

湊は再びスマホを信之に預けた。ボードを腕に、沖に視線を向ける。いつの間にか晴天となっており、海は紺碧《こんぺき》に揺らいでいる。白く崩れる波は厚く、大きく、いいコンディションだ。

すずの出現時間の減少や、彼女が限界に耐えて現れていることを考えれば、きっと第3ヒートが終わるころには彼女はこの世にいないだろう。だからこれでお別れになる。

それは、湊以上にすずも理解しているはずだ。

だが、ウェットなお別れを言うつもりはない。今は互いに涙を流して言うサヨナラなんかより、大切なことがあるから。

もう陸で語ることはない。もともと口下手だし、伝えられない。この先は、すずも愛した青い世界で、言葉を使わずに。

「見ててくれ」

「うん」

今度は震えていないすずの声。その声はとても力強くて、まるで背中を蹴り飛ばされているようだった。

※※

始まる決勝第3ヒート。もはや堅実に得点を重ねることなど考えていない湊は、その波を待った。うねりが強く、角度があり、崩れていくイメージが浮かぶ波。それはエアリアルを放つために。

ボードに跨る様にして上体を立て、波を待つ。いくつかの波をやりすごし、他のサーファーたちが次々にテイクオフしていくのを見送る。そして機会はきた。

パドリングで進み、波の速度とあわせてボードの上に立つ。そのまま、波のフェイスを横に滑っていく。下りすぎてしまったので、一度ボトムターンを入れてまたパワーゾーンへ戻る。斜め上を見れば、そこには波の頂点が見える。

波は、頂点まで達してから白く崩れていく。エアリアルは崩れいく瞬間の部分、もっとも波のパワーが高まるとされる『リップ』の部分を駆けあがり、そのまま空へ飛び立つ技だ。

波の頂点は右から左へと移動しつつ、崩れていく。

湊は狙うポイントを見定めた。足元に感じる力、うねりが生み出す圧力を推進力に変えて、加速していく。

もう少し、四秒後だ。角度は問題ない、スピードも問題ない。あとは踏み切りだけだ。

踏み切れ、踏み切れ。

「……くっ……！」

ボードが波を駆けあがり、リップに到達する直前。湊の首筋に冷たい感覚が走った。

脳裏によぎるのは、何百キロという重量の海水に叩かれ、膝を潰した記憶。

体が、硬直した。一瞬でもそうなれば、もはや立て直すことはできない。

湊はボードに置いて行かれ、同時に厚い水の壁に弾《はじ》き飛《と》ばされた。叩きつけられた海面に飛沫が上がり、肩のあたりに痛みが走る。

「くそっ！」

湊は悔しさに奥歯を噛み締め、海面に拳を打ち付けた。だが、すぐにまた動き出す。

足にくくりつけたリーシュコードを手繰ってボードを引き寄せる。

よし。ボードにダメージはない。体も問題ない。

もう一度だ。何度でも、時間の許す限り、何度でも。

〈結城のスタイルがまた変わりましたね？　予選でみせた安定感がありません〉

そんな声が耳に入る。ビーチ中央に設置されているオーロラビジョンでも、さきほど無様に落下した湊の姿のリプレイが映し出されている。

今からでも、予選のようなライディングに戻すことは出来る。だけどそれじゃ意味がない。第一、楽しくない。そんなことは、望んじゃいない。

ポイントまで戻り、次の波を待つ。来た。

テイクオフ、ボードの上に立ち上がる。膝を柔らかく使ってボードを連続して沈め、その際の海面からの反発力を活《い》かして加速、カットバックを入れて波の頂点へと向かう。直前になると、無意識に波の頂点、そしてその先にある空から目をそらしてしまう。動けなくなり、また落下。立ち泳ぎで体勢を立て直し、ボードを引き寄せる。

何度でも、何度でも。

〈結城はどうしたんでしょうか？　ムキになっているというか、辛いサーフィンを続けているように見えます〉

波待ちの間に聴こえる実況の声。たしかに、間違っていない。俺はムキになっているし、辛い。辛いから、一度は諦めた。

辛さに負けて、ひたむきに進むことをやめた。

怖さに怯え、勇気を持つことが出来なかった。

辛さと怖さを越えた先にあるものを、諦めた。

だけど、そんな自分に未来を重ねて懸命に生き、勇気を抱いた人がいる。

次の波がきた。他のサーファーに乗られてしまった、また次の波を待つ。来た。

パドリング、テイクオフ、加速。加速。ターン。波の頂点に視線を向ける。狙うのは、頂点に達した波が崩れいく一瞬だ。

理想的なライン。計画通りのマニューバ。ここから波を駆けあがっていく。

波の頂点に迫っていく。切り立った崖のように見える波の頂点から、飛沫とともに崩れる青。

湊はまたしてもその光景から目を背け岸のほうに視線を向けてしまいそうな自分に気が付いた。

その、瞬間。

顔が見えた。声が聞こえた。

両手でメガホンのような形を作り、顔を真っ赤にして叫ぶ彼女。それはさんざん聞いてきた高く澄んだ声。ときには賑やかすぎて鬱陶しくて、ときには切ないほどに真摯だった声。今、これまでで聞いた中で一番大きな彼女の声。

ここは砂浜から離れた沖で、スマホの画像や声が届くはずがないのに？　だがそれは厳格でも幻聴でもなかった。

ちらりとだけ砂浜に視線を向けた湊の目が一瞬だけ捉えたのはオーロラビジョンに映るすずの姿。

波の音に包まれた湊の耳にも飛び込んできたのは、実況のスピーカーをジャックしたすずの声。きっと、最後の力を振り絞って届けてくれた言葉。


「行っけぇぇぇぇぇっ！　湊ぉぉぉぉっ！」


湊のなかにあった固い何かが、割れた。そのなかから溢れ出したものは水流。怒涛《どとう》のように、強く、飛沫をあげた。

「うおおおおおおおおおっ！」

気が付けば、湊は叫んでいた。吠《ほ》えるように、猛《たけ》るように。失速しかけたボードを立て直し、重心の移動と膝のバネによって、さらに加速。そして、波の頂点の先にある空を見据える。

もう、目はそらさない。

波の先に広がる空に、七色の光が見えた。虹のようであり、だが水平一直線に引かれた彩り。

環水平アーク、といっただろうか。すずが話していたものだ。すずが亡くなった日に目にしたというそれが、今再び。俯いていたら、空にあったこの輝きに気付けなかった。

ボードの加速は止まらない。波の頂点まで駆け上がり、崩れる瞬間をとらえた。

そして、湊は飛んだ。

うねる紺碧の海の力を受けて、強く、鋭く。

一瞬だけ重力から解放され、純白の飛沫を越えて。

直前に見えた七色の光を飛び越えるように、高く、高く。

空中でボードのレールを片手で掴み、陸の方向に反転。

自身を取り巻く青が、くるりと回る。

海と空。二つの異なる青を、自身の体で一つに束ねたような感覚。記憶にあるより数倍強く感じる痺《しび》れと爽快感が、湊を貫いた。

着水。美しい飛沫をあげて、波のフェイスに滑り降りる。

成功したのは、高さこそあってもただのエアーリバースだ。それでも、湊の体に残る痺れは、本物だった。

〈……えーっと、失礼しました。……今のは……結城への声援のようでしたが……確認中です〉

すずによるジャックから解放された実況は、なにやら言っていたが、湊はロクに聞いていなかった。

波のフェイスからそこまで、ゆったりと滑り降りる。自身を高く跳びあがらせた波が消えていくのを感じながら、湊は失速していくボードの上で小さく拳を上げた。

よく見ていなければわからないほど細やかなガッツポーズ。だけどその拳は強く、とても強く握りしめた。

※※

第3ヒートの制限時間が過ぎ、湊は砂浜へ戻った。頭を振り、髪についた海水を払う。確認するまでもなく、得点は低いだろう。だが、観客たちのなかからは一度だけ決めたエアーの高さを賞賛する声も聞こえてきた。

頭を下げてそれに応えつつ、早歩きで、そして小走りで、全力疾走で、スマホの元に走っていく。

「……みーくん」

他の観客たちからは離れた場所、砂浜と道路を繋ぐ石段に座っていた信之は、立ち上がって湊を迎えた。

「おつかれ。すごかったよ、あのエアー」

信之はそう言って、スマホを差し出した。

「すずちゃんも、見てたよ」

その言葉は、過去形だった。湊を祝福しつつも沈んでいる信之の声が、伝えてる。湊は
ぽっかりと穴があいたような、という表現はこういう時に使うのかもしれない。

そんなことを思った。

あったものが無くなったときに穴はできる。そしてそれは大切なものであればあるほ
ど、深く大きなものになる。

「……もう、いないんだな」

「うん」

湊はスマホを受け取り、画面を眺めた。そこには、あのクルクルとよく変わる表情も、
次々に服を変える姿も見えない。弾《はじ》けるように明るい笑い声も、ちょっと照れながら言
うジョークも、聴こえてこない。

トップ画面には、『すず』のアイコンさえ残っていなかった。

ただ、メモアプリに覚えのない言葉が一行だけ。

『大好きだよ。さよなら』

タイムリミットだ。彼女は、もういない。

「すずちゃん、ホントに嬉しそうだったよ」

「そっか」

少ない言葉を交わす。いつかは思い出としてたくさんのことを話せるかもしれないけど、今は無理だ。

湊はさっきまで自分がいた渚を見つめた。あの世界に自分を戻してくれたのは、すずだ。

「嘘みてぇだよな」

そう呟く。二年前に死んだ女の子がスマホに宿って、一緒に一年を過ごした。他人から聞いたら、頭がおかしいと思うかもしれない話だ。

「あいつのキャラ考えたら、あんまり似合ってないんだよな」

この一年と、今日。命が消え行くなか勇気をくれたすず。再び跳ぶことが出来た自分。これじゃあまるで、すずが天使かなにかみたいだ。あんな騒がしい天使がいるわけがないのに。

「でもまあ、嬉しそうだってんなら、良かったんじゃねぇか」

それだけが、せめてもの救いだった。

「うん。すずちゃんはきっと、幸せだったと思うよ。……みーくん、大丈夫？」

「大丈夫だよ。なんか問題ありそうか？」

そう。すずはもうとっくにいないはずの人間で、それがあるべき形になっただけだ。

それに、すずが最後まで願っていたことは知っている。

泣き暮らしたりはしない。また海に行き、何度でも跳ぶ。

ただ、今日だけは。今は耐えるけど、今日、家に帰ったら。一番長い時間をすずと過ごしたトレーラーハウスに帰ったら。そこでこのメモアプリを読み返したら、少しだけ。

「そ、そういえばさぁ、みーくんのエアー高かったよねー。なんかガチで空飛んでるみたいだったよ。コツでも摑んだ？」

信之は、頰に汗をかきながら話題を変えた。明るい声色は、彼の性格を表していると思う。

「あー。まあ、すずがなんか叫んでたのが聞こえたのと、あと虹みたいなのが見え……」

湊はそこで言葉を止めた。何故、止めたのか、自分でもわからない。

何か、違和感がある。何かに、気が付きそうな感覚がある。今言いかけたことが、見逃していた可能性に繫がるような気がする。

どくん、どくん。胸の音が、少しずつ大きくなっていく。

「？　みーくん？」

「ああ、悪い。ほれあそこ。見える？」

湊が指し示した空には、まだ七色の直線があった。虹とは違う正式名称がある気象現象だそうだが、やはり湊には虹に見える。水平の直線という珍しい虹だ。

「あー、あれ環水平アークじゃん。へー綺麗だね。初めて見た」

信之は、その名称を知っていた。だが、ひっかかることも言った。

「今、なんて言った？」

「え？　だから環水平アークでしょ？」

「初めてみたのか？」

「多分そうだと思うよ。そんなによくある現象じゃないし。みーくんは見たことあるわけ？」

手でひさしを作るようにして虹をみあげる信之は、湊の疑問に対して不思議そうに答えた。

「いや、俺も初めて見た」

そう。それが奇妙に思えた。事故の前まで、毎日毎日海に出ていて空も見上げている自分が、一度も見たことがない、あるいは発生していることに気づかなかった現象。それが環水平アークというものだ。それも、あんなにハッキリと、明るく出ている。気付く人間は多いだろうし、もしかしたら夕方の地方ニュースで報道されるかもしれない。

「おかしくないか？」

「なにが？」

湊の疑問。それは、今まさに環水平アークが出ているということが偶然にしては出来すぎじゃないか、ということだ。ライディング中の湊はすずの声で空を見上げて、あの虹に気付いた。それで跳べた。ここまではいい。あるかもしれない、詩的な偶然だ。

だが、すずは言った。自分が死んだ日にも、あの環水平アークが出ていた、と。二年前に、そんなことがあっただろうか？

「ちょ、どうしたのみーくん」

思い出せ。そういえば、これまでも何度か引っかかったことがある。それはなんだった？

エアーを跳べた達成感やすずを失くした喪失感もある。そのせいで、正直頭の中はぐちゃぐちゃだ。それでも確かめなければならない。

もしかしたら。

「信之！　お前、車で来てるって言ったよな？」

「え、そうだけど」

「悪いけど乗せていってほしいところがある。キャバクラは後日奢るから頼む！」

時間がないかもしれない。行かなくちゃいけない。

万に一つの可能性に賭けて。

グッドエンドを掴むために。

※※

湘南ブルーオープンが開催されている鵠沼のビーチを去った湊と信之は、海沿いの道路を飛ばしていた。サーフィンの決勝が今まさに行われて会場が盛り上がっている関係か、あるいは同時刻に人気アーティストのライブが行われているためか、逆の路線は空いてる。今の湊にとっては、ありがたいことだ。

運転は信之、助手席に湊、サーフボードは後部席に置いてある。これは、必要になるかもしれないものだ。

「だからー、なんであそこに行くわけ?」

「事情は今度説明するから、もっと飛ばしてくれ……!」

湊自身、半信半疑のことでもあり、理解が追い付いていない推測だ。なので、上手く話せる自信がなかった。ただ、助手席の窓から見える環水平アークが徐々に薄くなっていくのがわかり、焦ってしまう。

「もしかしてすずちゃんにとって大切なこと? 今からなにか出来ることがあるとか?」

「……多分」

「だと思った。急ぐよ」

多くを聞かず、アクセルを踏んでくれる信之。その横顔は湊を心配する内心を隠して笑っていたさっきと違い、本当に嬉しそうに見える。キャバクラはもう仕方がなさそうだ。

鵠沼から離れていくにつれ、車道に並行する砂浜から人影が消えていく。鵠沼の湘南ブルーオープンが人気のイベントだから、相対的に湘南の他のビーチの人出が減るのだろう。

今時速何キロでているかわからない車だが、その速度すらもどかしかった。

なんとか落ち着いて考えようと、さきほどよぎった違和感を思い返してみる。

この一年で聞いたすずの言葉のなかに、それがある。

『大切な思い出だもん。今まで忘れちゃってたのが悔しいよ。湊くんが、白いボードに乗って、ぐわーっ！　てやってて、すごい楽しそうで！　それを見るのが大好きだったんだよ』

『私覚えてるよ。湊くん、サーフィンするときも、自分の動画をスマホで撮影して見返してたよね。やっぱマメ男だ』

すずがそう話したとき。湊は『適当なこと言いやがって』と思った。『自分がそんなことしているはずがないのに』とも思った。これには理由がある。

湊が白のボードに乗り始めたのは、すずと出会って復帰を目指し始めた後だ。事故の前に愛用していたのは黒いボードで、それは事故で折れてしまっている。つまり、二年前に死んだというすずが白のボードに乗っている湊を目撃できたわけがないのだ。

また、湊が今のスマホを使い始めたのは一年前。事故のあと病院通いをしていたころだ。その前は時代遅れのガラケーを長く使っていた。だから自身のサーフィンをスマホで録画するのは不可能なはずだ。

これは希望的観測なのか。俺がそう思いたいだけなのか。そんな台詞が、心をよぎる。

だけど、確かめることは無駄じゃない。

江ノ島で食べたクレープだってそうだ。チョコレートデスファイヤーチェーンソーは、去年新発売で大人気、という触れ込みだった。二年前にすずが死んでいるなら、生前のすずはいつクレープを食べたんだ。

「もうすぐ着くよ、みーくん！」

信之の声に、湊の意識を現実に戻される。鼓動がうるさいほどに高鳴り、手のひらにじっとりと汗をかいているのがわかった。

生きていたころのすずが、ネットニュースで俺の怪我と引退を知ったのだって、本当はおかしい。二年前に怪我をしたのは事実だが、湊は公表をしていなかったこともあり、それがニュースになったのを確認していない。もしかしたらそんな記事が出たのかもな、という推測ありきのことだ。

一方、確認しているのは、つい最近、更新しなかったためにプロ資格を失い、その理由を怪我と推測した記事だ。生前のすずが見たニュース記事とは、これではないのか？

「信之、お前さ最初にすずの存在を知った時、言ったこと覚えてるか？」

それが、最後のピースだった。

「なに突然？　忘れたよ」

「人の意識が電気信号で、電子とか粒子がどうだこうだって言ってただろ」

信之は、しばし考え、ああ、と口にしてから答えた。

「正確には覚えてないけど、意識とか魂が粒子とかで構成されてるって話？　で、粒子は空間とか時間とかワープするからスマホに宿ってもおかしくは……」

湊も漠然と覚えていた信之の言葉。大切なのは後半の部分だ。

時間と空間をワープする。二年前に死んだすずの魂が、一年前の湊のスマホにワープした。死後の直後にスマホに現れなかったのはそういうことなのだろう。湊はすずの死について聞いてから、そう考えていた。

それが、逆なのだとしたら。

すずがスマホに宿った日。彼女は過去から来たのではなく、未来から来ていたのではないか。生前、生身のすずが見ていたという湊は『怪我の前にサーフィンをしていた湊』ではなく『怪我から復帰しようとしている湊』だったのではないか。それが人マホにすずを宿した湊なのか、すずがいない状態で一人復帰を目指した状態なのかはわからないが、どちらにしても。

生身のすずは亡くなり、その魂だけが過去にやってきた。そして同じ年を今度は湊のスマホのなかで過ごし、今日がやってきた。この一年間、生身のすずとスマホの中のすずは、同時並行で存在していた。そうは考えられないか。

すずは言った。自分は湊が立ち直ることを願った、と。信之は言った。誰かがその願いを叶えてくれたのではないか、と。すずの願いを叶えるためには、一年前のあの日に彼女がやってくる必要があったのではないか。

スマホのなかにいたすずと湊が過ごした一年。それは、生身の彼女からみれば、最期から365日をさかのぼった日々。彼女が過ごした、マイナスの日々。もし、そうであるのならば。

車が、信号で止まった。ここからは、もう走ったほうが早い。

「悪い、あとは走る！」

湊は車を降り、後部席からサーフボードを取り出した。まったく状況がわかっていない信之だが、人差し指と中指をあわせて立ててみせる。

「がんばって。おれもあとから行くよ」

「おう」

そして駆け出す。サーフボードを片手に、全力で走る。海沿いの歩道を駆け抜け、いつものビーチへと続くスロープを降りる。そこは、夢でみたすずがカメラを構えていた砂浜、生前の彼女が湊を見つめていたと語った海。世界で一番だと思えるほどに、青く美しい世界。最期を迎えた日の彼女がいるとしたら、ここしかない。世界中で湊だけが、それを知っている。

エスパドリーユを捨てて裸足《はだし》になり、砂浜をまた走る。

今は、すでに日が高い時間だ。サーファーは早朝と夕方に海に来ることが多いことを差し引いて考えても、このビーチに人が一人もいないのはとても珍しい。

それはおそらく、普段ここにくる人たちが鵠沼の湘南ブルーオープンのほうに行っているから。そしてその状況は、すずが溺死した日と同じだ。

「……はぁ……はぁ……」

駆け続けて息が荒くなってきた。砂のせいで走りにくいし、さっきのヒートで疲れてもいるから、それも当然かもしれない。だが、それでもスピードは落とさない。

このビーチに誰かがいるなら、その誰かはきっと。

そう思う最大の理由は、横目にみえるあの七色の光。もう、消えかけている。すずの話を思い起こせば、時間がない。もう、終わっているかもしれない。だけどほんの少しでも可能性があるなら。

「……あれは……！」

波打ち際から少し上がったところに、泣いている子どもの姿があった。急いで駆けつけ、傍による。小さな女の子だ。全身ずぶぬれだが呼吸はしているし、怪我もしていない。ひとまず危険はなさそうだ。

「しばらくここで待ってて！」

湊はそう言って、辺りを見回した。母親らしき人がやってくるのがみえる。それにもうすぐここには信之もくる、心配はないだろう。

そして、この子がここにいるということは。

「――すず――――っ！」

湊は沖に向けて大声を上げた。そこに人影が見えたからだ。海中でもがき、波に煽《あお》られては沈んでいる。まだ、生きている。

急いで波打ち際へボードを投げ出す。そしてすぐにその上に腹を当てて乗る。間髪いれずに砂浜を蹴り、足がつかなくなったところで即座にパドリングを開始。

疲労のせいか、水が重い。大きな波が、進路を防ぐ。

だが湊は力強くパドリングを続けた。波は、ボードごと海中に潜ってかわすドルフィンスルーでやり過ごし、猛烈な勢いで進む。

海にいることが多いサーファーとして人命救助のやり方だって知っている。手が届けば、助けることができる。

間に合え。

出来る。俺は間に合う。ずっと鍛えてきた。だから、こうして進むことができる。

意味不明でおかしな替え歌を聞きながら、何百キロも走った。テンションが高い割にやたらと厳しいトレーナーの声に合わせて筋トレをし続けた。動画で撮った自分のフォームを細かく修正してきた。だから俺は、その辺のやつよりずっと速く泳げる。

いつか、すずが言っていた。『湊くんは、私がきていなくても、きっと海に戻っていた』。そうかもしれない。だけどその場合の俺は、今の俺ほど速く泳げないはずだ。

だけど、俺は強くなった。それはすずがスマホに宿ったおかげだ。あいつが、俺を強くした。あいつが、俺を救ってくれた。今度は、俺の番だ。

間に合え。間に合え。

いつかすずと観たタイムトラベル物の映画を思い出す。過去に戻った主人公は、自身の努力と奮闘により歴史を変えて、大切な人を救うという筋書き。本来は死ぬはずだった人物を、救う物語。

これはそんな物語なのか。それとも変わらない運命の一部を切り取った物語なのか。

そのどちらを望むかなんて、決まっている。

「助ける。……絶対に助ける……！」

波間を漂うようにして暴れていた人影は、ぐったりとし始めた。近くなってきたせいで明確にわかる。あれは、すずだ。画面のなかではなく、あそこにいる、まだ生きているすずだ。

パドリングは勢いを増した。もうこれ以上無理だと思っていたよりも、さらに速く。力強く。もう、すぐそこにすずの華奢な手がある。

神社の案内に書いてあったことや、ビッグDが言ったことが湊の心をよぎった。

天女は小さな奇跡を起こすことがある。だけど、その奇跡をグッドエンドとして結ぶのに必要なものは、ひたむきさと、勇気。

それは、かつてすずが湊から貰ったと言ったもの。

そして、湊がすずから受け取った大切なもの。

沈みゆくすずが、最後に海面にむけて手を伸ばした。

摑《つか》み取《と》る。未来を、摑み取ってみせる。

「……届けぇ……っ！」

青の先へ。君のグッドエンドのために。

湊の伸ばした手は、彼女の細い手首を、しっかりと掴んだ。

初めて触れたすずは、冷えきっていたけど、そこにはたしかに、かすかな鼓動があった。

※※

あと、もう一つ。結局、一度もちゃんと会えなかった好きな人。今苦しんでいるのかな。もしそうなら、励ましてあげたかったな。

視界が黒く染まった。光がささない、暗闇だ。

一瞬。なのにとても長く、私は、夢を見た。

やけにリアルな夢。全部覚えている。まるで本当に夢の中で過ごしたみたいだ。

夢の中で記憶を失くしてて、でも少しずつ取り戻したことさえ覚えてる。

私は湊くんのスマホのなかで目覚めて。一緒に一年を過ごした。

最後の日に、とても素敵なことを伝えてくれた。

立ち直った彼を見届けることが出来た。高く跳ぶ姿が、本当にカッコよかった。

スマホのなかから消えて、戻ってきた。やっぱり真っ暗で苦しい。

ああ、そっか。走馬灯みたいなものだったのかな。
最後に手を伸ばしても、何にも届かない。
伸ばした手を、そっと戻そうとした。
「……届けぇ……っ」
大きくて硬い手に、手首を掴まれた。
ぐいっと、引き寄せられた。すごい力だ。私それなりに重いのに。
引き寄せられた私は、なにか平べったいものにつかまることが出来た。
すぐ傍に、誰かがいる。多分男の人だ。片腕で抱きしめられている。
ゴツゴツした感じ。なんだかとても安心する。
「ごほっ……げほっ……！」
咳込んでしまった。そういえば、息が出来る。
その人は泳ぐのがとても上手だ。すごく速い。
すいすいと泳いでいくのが分かった。多分、陸にむけて進んでる。
あ、そうか。私、助かったのか。
手術の前に、死ななくて良かった。
暖かいところに寝かされた。この感触は、砂浜だ。
すごいなぁ、あっという間だ。

意識はもうろうとしているのに、そのせいかとりとめのないことを考えてしまう。

胸に何かが当たった。顔だ。あ、心音確認されてる。

ヤバい恥ずかしい。

あ、こうなるとあれだ。次はきっとアレだ。

それはマズイ。私は初チューはまだなのだ。

もちろん、人工呼吸とキスは違うものだけど、好きな人もいるし。

夢の中の湊くんは予想より良かった。自分は読みもしない電子書籍を買ってくれたりとか、分かりにくいけど意外と優しい。

あれ？　人工呼吸はこないな。

息してるもんね。心臓のこともあるし、ギリギリなとこだったんだろうね、多分。

目開けたくないなぁ。グッタリだし、砂浜暖かいし。

でも、助けてくれた人にお礼も言わないとね。よし、起きるぞ。
三、二、一。はいパッ！
頑張って目を開けた私の視界に飛び込んできたのは、青すぎだろってくらい青い空。

それを背景に心配そうな顔で私に覆いかぶさり、見つめている人。

とても、意外な人。なのに、眼差しがぶつかった途端、とても安心しちゃう人。

私の、大好きな人。

「……湊くん……？」

私の声は、自分で思ったよりとても小さかったけど、それでも湊くんは、笑った。カタい表情がほんの少しだけ柔らかくなる、ちょっと情けない顔。

「すず」

湊くんは私をそう呼んだ。夢の中の彼がつけてくれた愛称だ。なんで湊くんが知っているんだろう。

状況がよくわからない私は、とりあえず答えた。予期せぬ出会い方だけど、出会いは出会いだ。私の手術が成功して今後もお付き合いをしていく未来の可能性はゼロではないもんね。まずは、自己紹介から。

「……私の名前はね」

# エピローグ

あの不思議な体験から、一年が過ぎた。

俺、結城湊は、あれからもサーフィンを続けている。来週から海外の大会に遠征することもあり、大学は休学した。

湘南ブルーオープンの得点はさんざんで、実況のスピーカージャック事件のせいで怒られたりもしたけど、そのあとはまずまず順調といえる。グーフィーのスタンスにも慣れたし、エアリアルは前よりも高く跳べるようになった。多分、次のプロテストには合格できるだろう。

サーフショップＦＩＶＥ　ＨＥＡＤでのバイトも、今日が最後だ。ビッグＤは相変わらずバカなことを言っているチャランポランなオッサンだが、俺はときどき教えを乞うてたりする。ときどき真面目なことを言うときもあって、そういうときはわりと参考になる。

あの時の言葉なんかを思い出すと、このオッサンはもしかしたら……。と思うこともある。そう考えると、色々と辻褄があうのだ。もちろん荒唐無稽で現実感のない話だけど、俺はそういうのは体験済みだ。

だけど、ビッグＤ本人に確かめたりはしてない。意味がないし、どうせいつもの調子ではぐらかされるだろう。

ビッグＤ、後藤達彦。これが、五島竜彦だったら、もっとわかりやすかったのに、とも思う。Ｄがなんのなのか、何故店名がＦＩＶＥ　ＨＥＡＤなのか、分かった気がする。

信之は、大学を辞めてしまった。遊びで運営していたウェブサイトがバズりにバズってそれをきっかけに色々商売を始め、今や意識高い系の学生たちのヒーローになっている。

本人は最近出会った年上の女性に、『やべーよみーくん、おれマジで好きになっちゃったかも！』とのことだ。よくその話をきかされるが、なかなかドラマティックな展開をしていて、実は俺も色々協力してたりする。別にお返しってわけじゃないけど。

それから。

「おっ」

バイトが終わり、家路を行く俺のスマホが振動した。

〈バイト終わったー？〉

届いていたのは、そんなメッセージ。スマホの中ではなく、スマホ越しに会話をするのも、やっと慣れてきた。

〈今帰り〉

俺がそう返信すると、ＯＫ！　というカワウソのスタンプが返ってきた。追撃は来ない。今のやりとりに意味を感じることができないけど、彼女はよくそういうことをする。

海辺の道を、てくてくと歩いていく。夕焼けに染まる海は、どこか優しい光を浮かべていて、柔らかい。歩道を歩く自分自身の影が、砂浜のほうまで落ちていた。

「うおりゃっ！」

不意にそんな声が背後から聞こえたので、素早く身をかわす。

「何故避ける……！」

「その前になんでタックルしてくるかを言え」

「ここ歩いてるかなー、って思って！」

「理由になってねぇな」

彼女は、片手に買い物袋を抱えていた。バンズとひき肉が中から覗いている。

「一緒にゴハン食べようと思ってだね」

「俺が作るの？」

「ハンバーガーは湊くんでしょ」

「へいへい」

俺は適当に返事をして、買い物袋を持った。彼女は、なにが嬉しいのかへへへと子どもみたいに笑う。

変な替え歌もいまだに歌うし、手持ちの服を用いた突然のファッションショーの観客を強いてくることもある彼女。こんな人が来月には美大で写真を学ぶというのだから、少し心配だ。

多分、大丈夫だろうけど。

しばらく、隣を歩く。俺は少し歩く速度を落とした。

右肩のあたりに、かすかに体温を感じる。ポケットにはいっているわけじゃないから、当たり前だ。

こうして並んで歩くのも、一緒にメシを食うのも、まあ嫌いではない。できなかったことが出来るようになるっていうのは、エアリアルに限らず、いいことだ。

「ん」

彼女が、右手を差し出した。俺は一応あたりを見回し、人影がないことを確認してから、左手に持っていた買い物袋を右手に持ち替える。できなかったことが出来るようになるっていうのは、いいことだから。

そのまま、また歩く。そしてふと思う。

あの一年がなんだったのかは今でもわからないし、本当に起きたことなのかとたまに思いそうになる。でも疑わずにいられるのは、この左手で触れている人がいるからだ。

環水平アークの日からしばらくして、彼女の胸には小さな傷跡が出来た。でもそのおかげで今もこうしてここにいる。

溺死するはずだった彼女の運命が変わったのだろうか。そうだとすれば、生身の彼女が見ていた俺は、普通のスマホを持っていたということになる。しかし彼女が過去にやってきて俺のスマホに宿ったことで、辿る歴史が変わったということだ。

それとも、もともと助かる運命だったのだろうか。そうだとすれば、生身の彼女がみていた俺は、彼女が宿るスマホをもっていたことになる。歴史は最初から決まった通りに流れていて、その中で彼女の魂だけが一度ループした、ということだ。

何度か考えたが、結論はでない。当然と言えば当然だ。

でもたしかなこともある。そこで見つけたものがある。

グッドエンドに大切なもの。これから先も、それを抱いていたい。

「湊くん？　どしたー？」

しばらく黙り込んでしまったので、彼女がひょこっとのぞきこんできた。スマホにいたころほどじゃないけど、やっぱり小さい。

「おーい、起きてるー？」

ひらひら、と手を振る彼女に、俺は苦笑した。

「なんでもね」

そう、なんでもない。そんなことより大切なのは、これからハンバーガーを作って食べること。明日サーフィンに行くこと。彼女がいつか最高の写真を撮ること。

一つの章が終わってもその先も人生は続いてくから。

ひたむきに、勇敢に。

信号が赤になり、俺たちは足を止めた。ポケットに振動を感じた俺は、スマホを取りだしてみる。信之からのＬＩＮＥだ。家に帰ったら返信をしよう。そう考えてスマホをポケットにしまおうとして、ちょっとだけ止めた。

スマホのトップ画面が目に映る。俺はあまりスマホの設定を弄《いじ》らないほうだけど、このトップ画面の背景だけは、基本のものから変わっていた。否、変えられている。

背景に使われているのは、一枚の写真。

トレーラーハウスの壁にも去年まではなかった写真がたくさん貼られているけど、これはそのなかでも一番の自信作だそうだ。

江ノ島を中心としてあざやかに広がる海と空。きらめくような青。

信号待ちのわずかな時間。その写真を見ていると、音が聴こえてくる気がした。

それはきっと忘れることのない潮騒。

彼女と過ごしたマイナス３６５日を彩った、あの波の音。

# あとがき

こんにちは。喜友名《きゆな》トトです。初めましての方は初めまして、おひさしぶりの方はおひさしぶりです。このたびは本書をお手に取っていただいてありがとうございました。

さてあとがきですね。せっかくなので、本作について少し書きます。

この小説は、私にとって少し珍しいお話となりました。それは最初に決めていた通りの流れと結末通りに書くことの出来た、という点においてです。これまでは大体、書いてるうちに結末を変えたくなったり、当初予定していなかったキャラなどが出てきたりしていたのです。

いつもは勢いで適当に書いているというわけでもないし、今回は無感情に淡々と書いた、というわけでもなかったのですが、結果として書く前の予想通りのお話が書きあがりました。それはもしかしたら、本作で伝えようとしていることが、私の中で高い強度を持っている自明のことだったからなのかもしれません。

伝えようとしたことって何よ？　と尋ねられても明確には答えられないのですが……。うーん。青という色が持つ様々な意味、イメージそのもの、なのかもしれません。

私の育った土地は海がとても身近なところです。今もほぼ毎日、海が視界に入る生活をしています。だから、海をそれほど特別な光景とは感じられないし、その青を目にしたときの感情もいちいち覚えていません。でもきっと、無意識レベルでの深いところにはその青が根付いていて、そこから連想する世界があった。みたいな感じです。あるいはそういうものを心象風景と呼ぶのかもしれないですね。私の心象風景からぬるっと生まれた物語。それがこの本です。

そう考えると、読んでもらうのがなんかちょっと恥ずかしいような気がしてきましたが、熱く爽快な話が書けたと思いますのでやっぱり読んでみてほしいです。で、気が向いたら感想を送っていただければ幸いです。ＳＮＳでもお手紙でも。

それでは最後にこの場をお借りして謝辞を。

親愛なる二人の同居人、いつもお世話になっている家族や友人、職場の皆様、版元であるＫＡＤＯＫＡＷＡ様、編集業務を担当していただいたストレートエッジ様、素敵な表紙を描いていただいたイラストレーターのふすい様、本作のサーフィン関連描写の監修をしていただいたプロサーファーの中村光貴《なかむらこうき》様、ＳＮＳなどで楽しく絡んでくれる皆様、そしてこの本を手に取っていただいた貴方《あなた》。皆様のおかげで本書を書き上げ、出版することができました。誠にありがとうございます。

それでは、さようなら。またいつかお会いできることがあれば幸いです。

<初出>

本書は書き下ろしです。

この物語はフィクションです。実在の人物・団体等とは一切関係ありません。

メディアワークス文庫

# 世《せ》界《かい》一《いち》ブルーなグッドエンドを君《きみ》に

喜《き》友《ゆ》名《な》トト

2022年1月25日　初版発行

発行者　青柳昌行
発行　株式会社KADOKAWA
〒102-8177　東京都千代田区富士見2-13-3
0570-002-301（ナビダイヤル）
装丁者　渡辺宏一（有限会社ニイナナニイゴオ）
印刷　株式会社暁印刷
製本　株式会社暁印刷



●お問い合わせ
https://www.kadokawa.co.jp/（「お問い合わせ」へお進みください）
※内容によっては、お答えできない場合があります。
※サポートは日本国内のみとさせていただきます。
※Japanese text only

※定価はカバーに表示してあります。


Printed in Japan
ISBN978-4-04-914160-3 C0193

メディアワークス文庫　https://mwbunko.com/

本書に対するご意見、ご感想をお寄せください。

**あて先**
〒102-8177　東京都千代田区富士見2-13-3
メディアワークス文庫編集部
「喜友名トト先生」係

**第26回電撃小説大賞《メディアワークス文庫賞》受賞作**

# 今夜、世界からこの恋が消えても

一条　岬

**一日ごとに記憶を失う君と、**
**二度と戻れない恋をした——。**

僕の人生は無色透明だった。日野真織と出会うまでは——。

クラスメイトに流されるまま、彼女に仕掛けた嘘の告白。しかし彼女は“お互い、本気で好きにならないこと”を条件にその告白を受け入れるという。

そうして始まった偽りの恋。やがてそれが偽りとは言えなくなったころ——僕は知る。

「病気なんだ私。前向性健忘って言って、夜眠ると忘れちゃうの。一日にあったこと、全部」

日ごと記憶を失う彼女と、一日限りの恋を積み重ねていく日々。しかしそれは突然終わりを告げ……。

メディアワークス文庫